琅琅四季

二十四节气古诗词读与赏

姚喜双 主编

姚喜双 姚晓莼 诵读

李凤龙 篆刻

崔鹏 绘

北京 外语教学与研究出版社

图书在版编目（CIP）数据

琅琅四季 ：二十四节气古诗词读与赏 / 姚喜双主编 ；李凤龙篆刻 ；崔鹏绘. -- 北京 ：外语教学与研究出版社，2024.8
ISBN 978-7-5213-5202-3

Ⅰ. ①琅… Ⅱ. ①姚… ②李… ③崔… Ⅲ. ①古典诗歌－诗歌欣赏－中国 Ⅳ. ①I207.2

中国国家版本馆 CIP 数据核字（2024）第 083248 号

琅琅四季——二十四节气古诗词读与赏
LANGLANG SIJI——ERSHISI JIEQI GU SHICI DU YU SHANG

出 版 人　王　芳
责任编辑　孙　嘉
责任校对　王晓玮
装帧设计　高　瓦
美术编辑　刘　爽
出版发行　外语教学与研究出版社
社　　址　北京市西三环北路 19 号（100089）
网　　址　https://www.fltrp.com
印　　刷　北京盛通印刷股份有限公司
开　　本　889×900　1/16
印　　张　16
字　　数　170 千字
版　　次　2024 年 8 月第 1 版
印　　次　2024 年 8 月第 1 次印刷
书　　号　ISBN 978-7-5213-5202-3
定　　价　118.00 元

如有图书采购需求，图书内容或印刷装订等问题，侵权、盗版书籍等线索，请拨打以下电话或关注官方服务号：
客服电话：400 898 7008
官方服务号：微信搜索并关注公众号“外研社官方服务号”
外研社购书网址：https://fltrp.tmall.com

物料号：352020001

记载人类文明
沟通世界文化
www.fltrp.com

《琅琅四季——二十四节气古诗词读与赏》

编委会

出版说明

在中华文明五千年的长河中，我们的先民不断通过对大自然变化及斗转星移规律的细致观察，通过“候时而行”的经验积累，逐渐形成了以“春耕夏耘，秋收冬藏”为核心的农时系统，总结出用于指导农业生产的二十四节气。从立春、雨水、惊蛰，到冬至、小寒、大寒，人们遵循时令安排生产劳作，体现了中国人道法自然、崇尚和谐的天人合一思想。在岁月的长河中，二十四节气从用于指导农业生产逐渐扩展至影响日常生活的方方面面，它不仅是一套农时体系，更成为中国人的生活参照，承载着节庆礼仪、社会交往、文学创作，以及饮食习惯、养生之道、习俗活动等方面广泛而深刻的人文内涵，成为中华优秀传统文化的重要组成部分。

诗歌和岁时节令素有渊源。自《诗经》的《七月》《溱洧》等开始，中国古典诗词中涌现了不少节令诗，其中不乏佳篇名作，如王维的《九月九日忆山东兄弟》、韩翃的《寒食》、白居易的《七夕》、杜牧的《清明》、王安石的《元日》等。在这些诗歌里，诗人们以岁时节令为背景，或叙写民间习俗，或表达思乡怀亲之情，或展现社会风貌，不仅为我们描绘了一幅幅丰富多彩的古代岁时画卷，也反映出古人对自然变化与人生体验的深刻感悟与情感共鸣，展现了较高的文学欣赏价值。而目前所见较为完整描绘二十四节气的诗歌，当数敦煌文献中的《咏廿四气诗》。它借助二十四首五言律诗，向人们普及各个节气的物候知识，指导农业生产，同时传达一定的生活常识，是研究古代节气风俗的宝贵资料。

敦煌文献中，《咏廿四气诗》存有两个写卷：伯二六二四卷抄写完整，题《卢相公咏廿四气诗》，斯三八八〇卷首残佚，存诗二十首，其卷末题“元相公撰，李庆君书”。《全唐诗补编》（中华书局 1992 年版）与《敦煌诗集残卷辑考》（中华书局 2000 年版）均收录了《咏廿四气诗》，以伯二六二四卷为底本、以斯三八八〇卷参校。关于这组诗的作者，《全唐诗补编》有一段按语：“至其作者，二书有异。元相公可确定为元稹，卢相公不详为谁。究为谁作，今已难甄辨。亦有可能元、卢二人皆为依托之名。”本书中的《咏廿四气诗》以《敦煌诗集残卷辑考》所录为底本，个别据《敦煌文献语言大词典》（四川辞书出版社 2022 年版）、《全唐诗补编》作了改动，改动处详见注释。

本书选取了包括《咏廿四气诗》在内的经典节气古诗词共一百首，希望读者能够通过清朗俊逸的诗意笔触领略四时更迭之美。本书将《咏廿四气诗》作为各节气篇章的主诗，不仅配以详细的字词注释和文义赏析，还提供具体的诵读指导，包括情绪把控、语调变换、节奏调整等方面。中国语文现代化学会会长、中国传媒大学教授、本书主编姚喜双先生和姚晓莼同学共同为《咏廿四气诗》录制了诵读示范音频。

书中特别收录了北京画院专业画家李凤龙先生拟宋元花押风格创作的二十四节气印蜕、曲阜师范大学美术与书法学院崔鹏老师创作的二十四幅节气现代水墨画，将时令诗词意境、传统艺术形式与现代审美元素相结合。每一枚印蜕在一景一物中刻画光阴，细腻地镌刻出四季变换；每一幅水墨画在一草一木中见微知著，灵巧地映照出自然更替。此外，本书还介绍了二十四节气传统民俗，在饮食起居的日常细节中展现节气文化所蕴藏的生活哲学，从中我们能够领悟到与自然和谐共处的智慧。

《琅琅四季——二十四节气古诗词读与赏》不仅是一本诗词选集，更是一份深情的文化邀约。通过诵读时令诗词，品味艺术呈现，了解传统民俗，我们可以深入探索古人对自然物候的细腻描绘、对四季变换的哲学思考，以及对节令与生活、情感关系的独到见解，进而更好地理解和继承中华优秀传统文化，加深对民族文化根源的认知与尊重。让我们在页面间、声音里、字画中感受时光的漫卷，聆听四季的声音，找到属于自己的诗意栖居。

外语教学与研究出版社

中国语言文化出版分社

2024 年 6 月

立春

二十四节气之第一

立春阳气生
万物发新根

咏廿四气诗

咏立春正月节

春冬移律吕，天地换星霜。
冰泮游鱼跃，和风待柳芳。
早梅迎雨水，残雪怯朝阳。
万物含新意，同欢圣日长。

律吕 古代校正乐律的器具，用竹管或金属管制成，管的长短决定音的高低。从低到高共十二管，管成奇数的六个管叫作「律」，成偶数的六个管叫作「吕」，合称「律吕」。后用来指代乐律或音律。这里特指季节。

星霜 星辰和霜。星辰在天空中的位置变换以年为回归周期，每年寒冷的时候水汽会凝结成霜，因此以「星霜」借指「年岁」。

冰泮[pàn] 冰冻融解。

和风 温和的风，这里指春风。

柳芳 柳树开的花。

早梅 最先开放的梅花。

残雪 尚未消融的雪。

圣日 这里特指立春节日。

· 诵读诗的首联，需要体会季节更替的壮阔之感，声音由低沉渐变为明亮，以反映从冬季到春季的过渡和天地间气象的变换。

· 颔联，可以采用轻快的语调和节奏，表现游鱼在水中欢快跃动的场景以及春风拂柳的愉悦之感，通过声音营造一种生机勃发的氛围。

· 颈联需用温婉、柔和的声音，体现出早梅在雨中盛开的娇嫩和残雪在朝阳下消融的细腻画面。诵读时应注意情感的细腻转换，体现季节更迭中的细微美感。

· 在诵读尾联时，应以充满希望和喜悦的声音，表现出万物复苏、春意盎然的意境以及人们对美好生活的庆祝和向往。声音应更加开放和明亮，体现迎接新春的欢喜。

风清入座，
砚水粼粼，
笔下生春，
盎然一新。

· 诗人以敏锐的眼光捕捉到立春前后的自然意象，并通过铺陈的手法将其展现在读者面前，唤醒了人们对于春天降临的感知，再与明快的节奏、清新的韵律相配合，呈现出一幅栩栩如生的“春日乐景图”。

· 首联点明时节为冬春之交，用音律、星霜的变化隐喻季节的更替，营造出万物运行的井然有序之感。颔联和颈联写景：漫步江边，冰面在日光的照耀下渐渐开冻，沉寂一冬的鱼儿欢快地翻滚跳跃，庆祝着春天的回归；和煦的春风像期盼老友重逢一样，等待着柳树枝头绽放新花。这时，梅花已悄然盛开，满心欢喜地迎接春雨的洗礼；而那尚未融尽的冬日残雪，正羞怯地躲避着初生的朝阳。诗人通过拟人化的动作描写，表现了初春的勃勃生机，而这正蕴含着诗人内心对美好春天的喜爱。

· 尾联将情感推向高潮。春天不仅带给自然界新的生命力，也给人们带来了新的希望与喜悦。

立春日晨起对积雪

［唐］张九龄

忽对林亭雪，瑶华处处开。
今年迎气始，昨夜伴春回。
玉润窗前竹，花繁院里梅。
东郊斋祭所，应见五神来。

减字木兰花（立春）

［北宋］苏轼

春牛春杖，无限春风来海上。
便与春工，染得桃红似肉红。
春幡春胜，一阵春风吹酒醒。
不似天涯，卷起杨花似雪花。

立春日禊亭偶成

［南宋］张栻

律回岁晚冰霜少，春到人间草木知。
便觉眼前生意满，东风吹水绿差差。

立春

［南宋］白玉蟾

东风吹散梅梢雪，一夜挽回天下春。
从此阳春应有脚，百花富贵草精神。

立春是二十四节气的起始，也是春天降临的标志。民间有“立春一日,百草回芽”的说法。从立春这天起，暖风徐来，阳气生发，树木花草准备褪下凛冬的银装素裹，蛰居在巢穴中的动物们也渐渐从冬眠中苏醒，大自然中的每个生命体内都萌动着欣欣向荣的朝气与蓄势待发的活力。

自古以来，中国人就有庆祝立春的习俗。《礼记 · 月令》记载：“立春之日，天子亲帅三公、九卿、诸侯、大夫，以迎春于东郊。”在周朝，天子会亲率百官前往都城的东郊,举行盛大的迎春仪式。无论古今,人们都会用泥土做成五颜六色的“春牛”，到了立春日，用彩鞭打碎春牛，祈愿五谷丰登。传说能抢到“碎牛肉”（即土块）回家的人，秋收时定会满载而归。因此，立春也叫作“打春”。

立春的饮食习俗体现了“迎春助阳”的特点。古时，人们在立春日将葱、蒜、韭菜等五种辛辣蔬菜杂和而食，称为“五辛盘”（又名“春盘”），古人认为辛辣的嫩菜能够生发五脏之气，对养生大有裨益。

早期的“五辛盘”全为辛辣之物，后来，初春上市的鲜蔬都被加入其中。到唐代，面食逐渐普及，人们开始将春盘与薄饼搭配食用。这种饮食方式流传至今，在北方演变为吃“春饼”，在南方演变为吃“春卷”的立春习俗。

立春的文化传播到“中华文化圈”的其他国家，被其学习吸收并逐渐形成本土特色。在韩国，人们会往大门上贴写有“立春大吉，建阳多庆”的“立春帖”；每年立春，日本的寺庙会将写有“立春大吉”的牌匾挂在门口以祈祷一年的平安好运；在越南，人们还保留着吃春卷的习惯。越南春卷皮用米浆做成，薄如蝉翼，内陷的调味也具有当地特色，是一道色味俱佳的春季美食。立春不仅是中国的一个历史悠久的节气，更是一个国际性的文化节日，虽然不同国家、地区的人民庆祝立春的方式不尽相同，但其中蕴含的情愫与寄托是一致的。倘若有机会在立春时身处异域，不妨感受一下当地的风俗，一定会别有一番滋味在心头！

雨水

二十四节气之第二

雨水

和风携细雨
天意苏群物

【咏廿四气诗】

咏雨水正月中

雨水洗春容，平田已见龙。
祭鱼盈浦屿，归雁过山峰。
云色轻还重，风光淡又浓。
向看入二月，花色影重重。

春容 春天的景色。

龙 此处的「龙」为水草名。《诗经·郑风·山有扶苏》：「山有乔松，隰有游龙。」

祭鱼 獭祭鱼之略。春天，獭常捕鱼后不立即吃掉，而是将鱼依次摆在岸边，如同祭祀陈列。《礼记·月令》：「（孟春之月）鱼上冰，獭祭鱼，鸿雁来。」

浦[pǔ]屿[yǔ] 水中的小岛。

归雁过山峰 原诗句中的第三个字缺失。「过」字为吴伟斌先生所补（见《新编元稹集》中该诗的校记），仅供参考。

· 诵读这首诗，需要通过情绪的浓淡、声音的轻重变化，以及适当的停顿和节奏，让听者仿佛置身于诗中那早春雨润之景。诵读第一联，应以清新、温润的声音开头，像春雨般细腻，体现“洗春容”的清新感；接着将语调稍微提升，展现眺望田野的舒畅之感。

· 第二联，在“祭鱼盈浦屿”部分要突出庄严与神秘之感；在“归雁过山峰”部分，要通过调节声音的轻重，表现出飞雁掠过山峰的动态与壮观。

· 诵读第三联时，先轻柔地表现云的轻盈，再逐渐加重语气以表现云色的沉郁；尤其在“淡又浓”处，要通过声音的变化展现风景由淡雅到浓郁的过渡。

· 诵读最后一联时，声音应充满期待和欢喜之感，体现出春天万物复苏的喜悦；“花色影重重”部分要适当调整节奏，营造出初春花开、层层叠叠的美丽清新氛围。

水从云下，
山山雨足，
野花开，
嫩笋破新泥而出。

赏析

· 这首诗开篇便点明了所要描写的节气——雨水，用三个短句写出了雨水节气重要的物候变化。经过蒙蒙细雨的洗礼，寒冬渐渐远去，充满生机的春天又回到了人间：春雨染绿了树梢，滋润了大地，一望无际的田野又披上了翠绿的新装；春水涌动，水獭开始大量捕鱼；北归的大雁飞过崇山峻岭，只为回到出生的故乡。

· 接着，诗人通过天上云彩的变化，写出了初春的乍暖还寒。有时，轻柔的、淡淡的云，漂浮在天空，阻挡不了阳光照到大地上；有时，厚重的乌云，层层堆叠在半空，不仅遮住了温暖的太阳，还可能会带来雨雪。田野上的风光，也依着云色的变化，时而清淡如水，时而浓重似墨。

· 最后，诗人表达了对美好春天的期待。春天虽然才刚开始，但进入农历二月后，就会有无数的花儿绽放，到那时，满园的春色是关也关不住的。

春夜喜雨

［唐］杜甫

好雨知时节，当春乃发生。
随风潜入夜，润物细无声。
野径云俱黑，江船火独明。
晓看红湿处，花重锦官城。

早春呈水部张十八员外（其一）

［唐］韩愈

天街小雨润如酥，草色遥看近却无。
最是一年春好处，绝胜烟柳满皇都。

好事近·梦中作

［北宋］秦观

春路雨添花，花动一山春色。
行到小溪深处，有黄鹂千百。
飞云当面化龙蛇，夭矫转空碧。
醉卧古藤阴下，了不知南北。

据《逸周书·时训解》:“雨水之日，獭祭鱼；又五日，鸿雁来；又五日，草木萌动。”雨水过后，大地生机初显，将渐渐呈现出欣欣向荣的景象。生活在广袤大地上的劳动人民，顺应节气，开始了一年的忙碌。农谚说:“过了雨水天,农事接连牵。”意思是过了雨水节气，农事就要忙个不停了。这个时节不仅要给返青的冬小麦施肥、浇水,修剪嫁接果树,翻耕田地,选种育秧,还要进行农具维修等备耕活动。

雨水节气一般在春节后不久、元宵节前后,也许是过年期间已吃过不少美味佳肴,人们在这个节气对饮食没有特别的讲究，但雨水节气也是一个充满人情味的节气。

我国很多地方都有在这一天认“干亲”的习俗。在中国北方一些地区，家里的孩子如果体弱不好养活，父母会在雨水这天为孩子认“干大大”,希望可以借助“干大大”的福气让孩子健康成长。据说，雨水这天早晨，父母抱着孩子出门，在村道上遇到符合期望的人选，便认作“干大大”。“干大大”会抱抱孩子，并给孩子起个别名，这门干亲便是认下了。认了干亲后，逢年过节，两家人会像亲戚一样来往走动。四川地区把这种认干亲叫“拉保保”，选在雨水这天拜干爹，其寓意是希望孩子经过雨水的滋润后能更好地成长。“拉保保”的过程与认“干大大”的过程差不多，认亲后的两家人叫“干亲家”，也会经常走动。

在我国南方一些地方，有雨水节气回娘家的习俗。已经出嫁的女儿，在丈夫的陪同下，带着用砂锅炖好的猪蹄，背着两把缠了红带的藤椅，回娘家给父母送节，表达对父母的感谢和敬意。

作为古代农耕文化在节令上的反映，雨水节气的一些风俗与农事有关。客家人会在雨水这天举行“占稻色”的活动。把糯米放在锅中爆炒，爆出来的米花又多又白，则预示着该年的稻米成色好，能丰收。如今，这种从古代传下来的活动已淡出人们的生活，但用稻米爆出的香脆“爆米花”却留了下来，成为春节的应节小吃。

惊蛰

二十四节气之第三

众蛰各潜骇
草木纵横舒

—咏廿四气诗—

咏惊蛰二月节

阳气初惊蛰，韶光大地周。
桃花开蜀锦，鹰老化春鸠。
时候争催迫，萌芽护矩修。
人间务生事，耕种满田畴。

阳气　暖气，生长之气。

韶[shāo]光　美好的时光，常指春光。

周　遍，遍及。

蜀锦　原指蜀地生产的彩锦，后亦为织法似蜀地的各地所产之锦的通称，多用染色熟丝织成，色彩鲜艳，质地坚韧。

鸠[jiū]　鸟名，鸠鸽科部分鸟类的通称。

时候　季节，时节。

催迫　催促逼迫。

生事　生计。

田畴　泛指田地。

· 这首诗的诵读应贯穿着一种生机勃勃、充满活力的感觉，通过语速、语调的变化表现万物复苏、田间忙碌的景象，让听者感受到惊蛰时节的蓬勃生命力。

· 诵读首联时，声音应该是由弱到强、由低到高的，如同初春的阳气悄悄唤醒大地，体现出春光普照大地的壮阔。

· 颔联描绘桃花绽放的美景，诵读时应采用轻快的语调，表现出桃花色彩艳丽如织锦的画面；到“鹰老化春鸠”时，可以稍微放缓语速，用柔和的声音，表现出生命的循环与更迭。

· 诵读颈联时要用稍急促的语气，体现出万物生长的紧迫和活跃；“萌芽护矩修”则需要更加细腻的表达，展示出自然界生命力的细腻和美好。

· 诵读尾联的语气应变得更加积极，反映出农耕生活的忙碌与充实。可以在“务生事”及“耕种满田畴”处适当加重语气，体现人们勤劳的生活态度和春耕带来的希望。

迅雷风烈，百虫惊，万物萌，化出一片生机。

· 时至惊蛰，万物萌发，春回大地。诗人带着期盼与春天相见，“初”字意味着四季之始，在美好的春光中，一切都孕育着新的希望。惊蛰有三候：一候桃始华，二候仓庚鸣，三候鹰化为鸠。桃花绽放如蜀锦，艳丽如画。在天空翱翔的老鹰也悄然离开，取而代之的是树梢上飞来的春鸠。

· 春日美好的时光催促着草木萌发，生机盎然。人们也为了生计，顺应农时耕种于田间地头，开始了新一年的忙碌。正如人生在世，一分耕耘才有一分收获。全诗用凝练的语言概括了惊蛰时节的自然和人文特征，描绘了一幅生机勃勃的美好春景。

春晴泛舟

［南宋］陆游

儿童莫笑是陈人，湖海春回发兴新。
雷动风行惊蛰户，天开地辟转鸿钧。
鳞鳞江色涨石黛，袅袅柳丝摇曲尘。
欲上兰亭却回棹，笑谈终觉愧清真。

秦楼月

［南宋］范成大

浮云集，轻雷隐隐初惊蛰。
初惊蛰，鹁鸠鸣怒，绿杨风急。
玉炉烟重香罗浥，拂墙浓杏胭脂湿。
胭脂湿，花梢缺处，画楼人立。

惊蛰日雷

［元］仇远

坤宫半夜一声雷，蛰户花房晓已开。
野阔风高吹烛灭，电明雨急打窗来。
顿然草木精神别，自是寒暄气候催。
惟有石龟并木雁，守株不动任春回。

惊蛰，在历史上也称“启蛰”，是二十四节气中的第三个节气，标志着仲春时节的开始。《月令七十二候集解》中说：“万物出乎震，震为雷，故曰惊蛰，是蛰虫惊而出走矣。”这个时节，春雷乍动，草木萌发，蛰伏于地下越冬的蛰虫开始苏醒，世间万物焕发生机。由于农耕生产与大自然的节律息息相关，中国劳动人民自古以来就很重视惊蛰节气，将它视为春耕之始。“田家几日闲，耕种从此起”，时至惊蛰，田野间一派繁忙景象。

古人认为，雷公会在惊蛰这天唤醒万物。旧时，家家户户会贴上雷神的招贴画，还会趁此时蒙鼓皮并敲响，以示对雷神的尊敬。人们认为惊蛰的雷声会唤醒冬眠中的蛇虫鼠蚁，因此百姓们要在这天驱除害虫，各地方法不一而足。湖北土家族的农人在田里画出弓箭以“射虫”；江浙部分地区会在田间倒插一把扫帚以“扫虫”；陕西、甘肃一带有炒制黄豆、谷粒等并食用的习俗，人们将黄豆放入锅中爆炒，黄豆发出噼啪的声响，象征虫子在锅中受到煎烤；还有的地区，人们会手持点燃的艾草，用烟熏烤家中角落以“驱虫”，久而久之，这个习俗渐渐演变成驱离生活中的霉运和不顺心之事。

与之相似，在广东一带，民间还有在惊蛰“祭白虎化解是非”的习俗。相传白虎是代表口舌、是非的凶神，会在惊蛰万物复苏之时出来觅食。于是，大家会在这一天祭白虎，用纸绘制出白虎的形状，用猪血、鸡蛋等食物供奉它，以求它吃饱后不再伤人；还会用肥腻的猪肉抹纸老虎的嘴，使之充满油水，不能张口说人是非。这也是祈求一年平安顺遂，远离病害的习俗。

在陕西、山西、甘肃等地，还有惊蛰吃梨的习俗。这主要是因为惊蛰后天气明显变暖，人们容易口干舌燥，而梨子性寒味甘，润肺止咳，对身体很有滋养作用。且“梨”谐音“离”，取远离疾病之意。在山西民间还有这样一则关于惊蛰吃梨的传说。相传晋商渠百川走西口之时适逢惊蛰，其父拿出一颗梨子给他吃，希望他能牢记先祖贩梨创业的艰辛，努力创业光宗耀祖。后来出门谋事的人也在惊蛰这天吃梨，以彰离家创业、光宗耀祖的决心。一颗梨子，饱含着对美好未来的期许。

春分

二十四节气之第四

柳岸斜风微
桃红梨白生

—咏廿四气诗—

咏春分二月中

二气莫交争，春分两处行。
雨来看电影，云过听雷声。
山色连天碧，林花向日明。
梁间玄鸟语，欲似解人情。

二气　指阴、阳二气。

两处行　指阴、阳二气分行两处，阳气上升而阴气下降。

电影　闪电。

玄[xuán]鸟　燕子。

· 诵读这首诗，应注重通过声音传递出其中的情感变化，让听众能够通过声音感受春分时节自然景象的壮丽与明朗。

· 诵读首联，应保持平和的语气与平稳的语调，体现出春分时节阴阳平衡、昼夜等长的自然特点。语速适中，声音略带庄重感，传递出春分节气宁静和谐的气氛。

· 颔联中的“电影”指闪电，是视觉角度，“听雷声”则是听觉角度。诵读时可用稍显轻快而又充满期待的声音表现雨来时的景象，突出春分时节自然变化带给人们的直观感受。

· 颈联需要用清澈、明亮的声音诵读，特别是在“向日明”处，可以适当提高音量，展现春日阳光下万物复苏的美好。

· 诵读尾联时，声音应柔和而富有感情，体现出燕子鸣叫声的细腻婉转。可以在“解人情”前稍作停顿，用微微下沉的语气传递出一种宁静而又温馨的感觉。

晴光泼绿，
耕牛遍地走，
麦起身，
好种豆。

· 分者，半也。“春分”的“分”，既表明春天已经过半，也是取这一天“日夜均分、各占一半”之意。这个时节，天气由寒冷变得温暖起来。在古人看来，这是阴阳二气势均力敌的结果。诗的开头点明所写时序，也充满了神秘而生动的意味，仿佛自然之气也会像生灵一般相互争斗。而争斗的结果，便是有了云雨雷电。在古人的认知里，它们与天地阴阳的变化有着密切的关系。一“来”一“过”，让雨和云有了灵动之气；一“看”一“听”，则体现了诗人在写景时对感官的巧妙运用。

· 在雨水的滋润下，草木开始萌发，远远望去，山色变得青碧可观，花草树木在阳光里显出鲜亮的色彩。这样一幅春色图景是多么让人欢欣鼓舞啊！更令人欣喜的是听到了不知何时飞来的燕子，正在屋梁上欢快地鸣叫，好像通晓人情似的，也许是在分享春天的喜悦吧！

· 全诗结构井然，由天上及地下，由远及近，由自然及人事，平和之中流露出清新可感的欢快之情。

钱塘湖春行

［唐］白居易

孤山寺北贾亭西，水面初平云脚低。
几处早莺争暖树，谁家新燕啄春泥？
乱花渐欲迷人眼，浅草才能没马蹄。
最爱湖东行不足，绿杨阴里白沙堤。

春分日

［五代宋初］徐铉

仲春初四日，春色正中分。
绿野徘徊月，晴天断续云。
燕飞犹个个，花落已纷纷。
思妇高楼晚，歌声不可闻。

踏莎行*

［北宋］欧阳修

雨霁风光，春分天气。千花百卉争明媚。
画梁新燕一双双，玉笼鹦鹉愁孤睡。
薜荔依墙，莓苔满地。青楼几处歌声丽。
蓦然旧事上心来，无言敛皱眉山翠。

*此首别又见杜安世《寿域词》。

对于大自然来说，春分是个热闹的时节：白昼越来越长，天气暖和起来，风雨雷电开始频繁起来，花草树木越发显得生机勃勃，燕子从远方飞回来……一切仿佛都在提醒人们，该去外面活动活动啦！

最迫切地感受到春分的召唤的，要数辛勤的农民朋友了。“不到春分地不开”“春分麦起身，一刻值千金”“九九加一九，耕牛遍地走”……这些与春分时候自然变化有关的谚语，催促人们趁着天气和暖的大好时节，赶快干起农活儿来！

如果你在城市，那么出门踏青就是最为方便的感受春分的活动了。踏青虽然简单，但也算是历史悠久，古人大约在千年前就有“南园春半踏青时”的记录了。春分时节，玉兰花也开始悄悄绽放。玉兰花洁白清香，仿佛是春天的信使，宣告着新的季节的到来。

春分的另一大乐趣是采春菜。万物复苏时节，从外面采来新鲜的野菜，这便是春菜，再加些鱼片做成的汤便是春汤。至于应该采哪种菜，各地则因物产各异而有所不同。如果是不认识的或不能随意采挖的野菜，就不要采来吃了。不妨从厨房里另寻材料，玩儿个“竖鸡蛋”的游戏吧。

竖鸡蛋这个听起来不可能完成的任务，据说在春分这天会变得相对容易，因此有“春分到，蛋儿俏”的说法。有的人解释说这与春分这天地球上的引力变化有关系，不过这个解释没有确证。无论如何，我们都可以拿鸡蛋在这天试上一试，当作“打卡”春分的一项趣味小游戏也未尝不可呢！

春分之后，雨水开始增多，且气温经常骤变，因此，要注意及时添减衣物，穿衣可以“上薄下厚”，养护体内的阳气，尽量避免乍暖还寒的天气对身体造成影响。

清明

二十四节气之第五

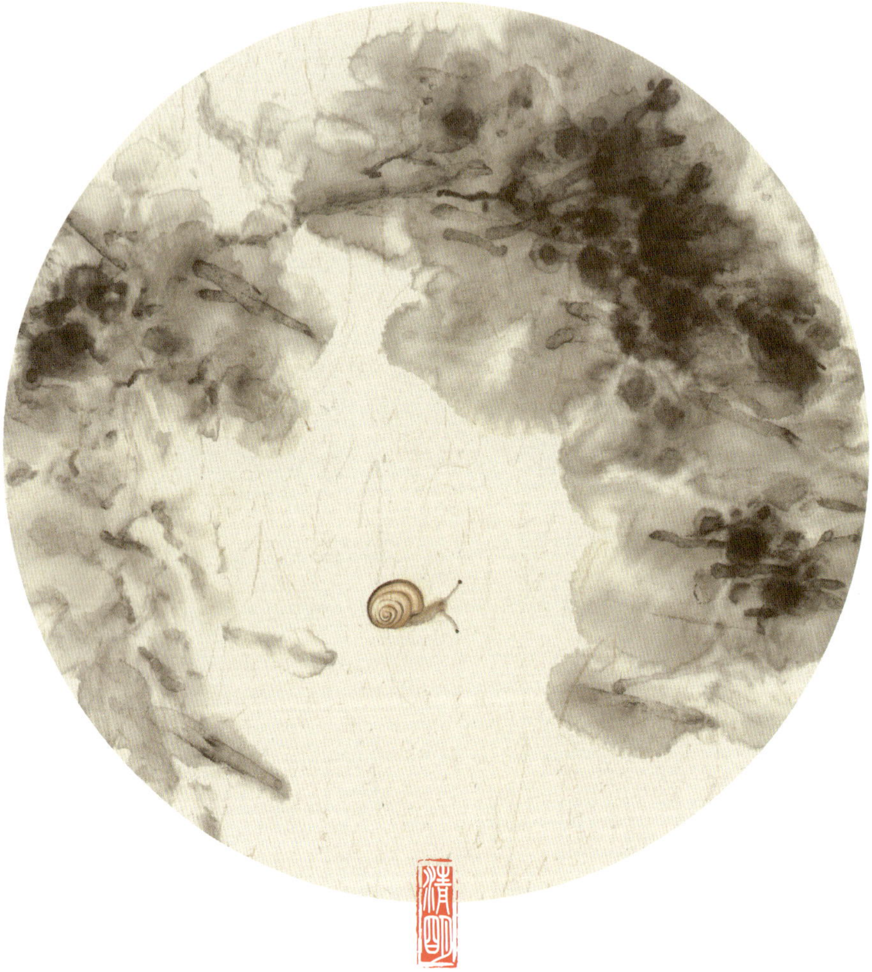

游丝兼落絮
一霎清明雨

咏廿四气诗

咏清明三月节

清明来向晚，山渌正光华。
杨柳先飞絮，梧桐续放花。
鴽声知化鼠，虹影指天涯。
已识风云意，宁愁谷雨赊。

渌[lù] 清澈。

光华 光辉照耀，闪耀。

放花 开花。

鴽[rú] 鹌鹑之类的小鸟。

天涯 天边，指极远的地方。

宁[nìng] 岂，难道。

赊[shē] 缓慢，迟缓。

· 这首诗的第一联需要以平和而略微低沉的语气诵读，体现出清明时节特有的宁静和清新。在“正光华”处，可以适当提升语调，表现出清明时节远山之景的清朗明丽。

· 诵读第二联时，可以采用轻盈飘逸的语气，如同轻柔的春风托起飞絮，再增添一丝温暖和生动，表现梧桐花开放的景象，呈现春意初盛的美好。

· 第三联的诵读需要更细腻地处理声音的起伏，先以略轻快的语气读出“驾声知化鼠”，表现清明时节小动物的灵动之感，紧接着以开阔的语气读“虹影指天涯”，表现出雨过天晴，大自然显现出的壮阔和指向远方的希望。

· 诵读最后一联，应适当收敛情绪，以沉稳的语气，表现出对自然界风云变幻的深刻理解和对气候变化的乐观态度。在“宁愁谷雨赊”处稍微放慢语速，体现出一种坚定与从容。

晚凉客至，提壶相呼，试新茗，泡松萝。

· 这首诗并未写清明时节祭祖扫墓、踏春郊游，而主要是从这一节气的物候特点着手，写出了气清景明，万物皆显的气候特点。

· 首联说清明节气一向来得晚些，季春之月，万物清洁明净，山间清泉晶莹透亮。颔联和颈联写景：桐花绽放、鴽鸟鸣叫、田鼠躲藏、天空挂虹，这些正是清明三候“桐始华、田鼠化鴽、虹始见”的真实写照。

· 作者在前三联中描绘了清明时节的自然风光，风和日暖、风物如画、万物生发。在尾联中我们感受到了作者的盼望和期许，空气中的水汽正在聚集，风云随时会把春雨带给大地，还要发愁那催生谷物的雨水来得迟缓吗？丰年在望，百姓安居，这样的清明美好自在！

清明

［唐］杜牧

清明时节雨纷纷，路上行人欲断魂。
借问酒家何处有？牧童遥指杏花村。

采桑子

［北宋］欧阳修

清明上巳西湖好，满目繁华。
争道谁家，绿柳朱轮走钿车。
游人日暮相将去，醒醉喧哗。
路转堤斜，直到城头总是花。

苏堤清明即事

［南宋］吴惟信

梨花风起正清明，
游子寻春半出城。
日暮笙歌收拾去，
万株杨柳属流莺。

清明是二十四节气中的第五个节气，每年4月5日或4日，太阳到达黄经15°时为清明节气。《淮南子·天文训》记载：“（春分）加十五日指乙，则清明风至。”《月令七十二候集解》中说：“清明，三月节……物至此时皆以洁齐而清明矣。”这可能就是清明之称的由来。清明是二十四节气之一，也是中华民族重要的传统节日。

古时，寒食节与清明节在时间上相近。在唐宋时代，寒食节扫墓为国家礼仪。后来，清明节取代寒食节，并吸收了寒食节的文化内涵，扫墓祭祀的风俗逐渐融入了清明节。如今，人们依然在清明节扫墓祭祖、怀念故人，这是人们慎终追远、敦亲睦族的具体表现。

踏青郊游，是清明节习俗的一项重要内容，这一习俗古已有之，一直延续至今。清明时节，春暖花开，风物如画，三五好友，结伴而行，赏花游玩，不亦乐乎？

插柳或戴柳，是清明特有的风俗。相传为纪念农事祖师神农氏。人们把柳枝插在屋檐下，以预报天气。此外，古人认为柳树为春季应时佳木，得春气之先，具有驱邪避鬼、护佑生灵的功用，插柳、戴柳可以留住青春，留住生命。

放风筝，是清明节人们所喜爱的活动之一。古人认为清明的风可以“放”走身上的晦气。他们把灾祸写在风筝上，等它们飞高了，便剪断牵线，据说这样能除病消灾，给自己带来好运。如今，放风筝依然是大家喜爱的户外娱乐活动。

清明节的饮食文化自古以来比较简单，这可能与寒食节禁火的风俗有关。清明时节，古人喜食麦粥、麦酪、杏仁酪等。时至今日，青团、馓子、清明螺也成了人们钟爱的吃食。

在我国众多地区，尤其是在江南一带，人们会在清明节前采摘新鲜的嫩茶叶，用以制作明前茶。清明时节，正是新茶上市的时候，此时的茶芽叶鲜嫩，色泽翠绿，香气宜人，味道鲜爽。清明时节喝茶，有利于肝气的舒泄，也可以降火祛燥。这样的习惯延续至今，已经成为一种春季养生之法。

清明是一个具有重要意义的传统的节日。在清明这一天我们追思先人，怀念先烈，唯此情长，无减无忘。

谷雨

二十四节气之第六

浮萍新叶发
戴胜啼声起

咏谷雨三月中

谷雨春光晓，山川黛色青。
桑间鸣戴胜，泽水长浮萍。
暖屋生蚕蚁，喧风引麦葶。
鸣鸠徒拂羽，信矣不堪听。

春光　春天的风光、景致。

晓　明亮。

黛色　青黑色。

戴胜　鸟名。其状似雀，头有冠，五色如方胜，故称。

浮萍　浮生在水面上的一种草本植物。

蚕蚁　刚孵化的幼蚕，体小如蚁。

喧风　春风。

麦葶[tíng]　麦子与葶苈。葶苈，一年生草本植物，其种子可供药用。

鸣鸠[jiū]　鸟名。

拂羽　挥动翅膀。

不堪　承受不了。

· 开篇第一联，要以清爽、明亮的声音诵读，营造出清新宁静的氛围。在“山川黛色青”处，语气应趋向柔和并透出一种宽阔感，仿佛置身于山川被细雨浸润后的生动景象。

· 第二联要重点表现戴胜在桑叶间鸣叫的景象和泽水上浮萍漂动的静谧之感。在表达“鸣戴胜”时，语气要稍轻快，而“长浮萍”则需要流畅平稳。

· 诵读第三联，在“暖屋生蚕蚁”处可以稍微放慢语速，表现春意浓厚时农家的温馨景象。在“喧风引麦葶”处，再适当加快语速，表现春风劲吹、麦苗晃动的灵动画面。

· 诵读最后一联时，应表现出诗人对鸠鸣声的无奈之情。“鸣鸠徒拂羽”处要作适当顿挫，接着，语气稍向下沉，表达出“信矣不堪听”的情感意境，仿佛在叹息这春日里唯一的遗憾。

看檐牙新绿莹莹、
听鸠鸣唤雨、
雨生百谷。

赏析

· 谷雨收寒，春光明媚，农事繁忙，诗人作此诗以迎接谷雨的到来，抒发心中的欢喜。

· 在首联，诗人从写景入手，暮春将尽，雨水渐丰，春光破晓，山川黛色，在雨水的滋润下，草木山河满眼青绿，一派欣欣向荣之景象。颔联所写景象——“头顶彩色羽毛的戴胜鸟在桑间鸣叫，湖泽中水面上的浮萍开始生长”，与谷雨的典型物候“戴胜降于桑”“萍始生”紧紧相扣。颈联中的“暖”字和“喧”字凸显这个节气的气候特点，“温暖的屋中，如蚂蚁般大小的幼蚕啃食桑叶；和煦的春风下，麦田阵阵摇摆”更让人心暖意足。尾联“鸣鸠拂羽”也是谷雨物候之一，此时斑鸠正值求偶期，它们振动翅膀，不停鸣叫，只是这叫声让人不堪听闻啊！

· 全诗近乎白描，语言平易浅近，清新自然，堪称写谷雨诗的代表作。

晚春

［唐］韩愈

草树知春不久归，百般红紫斗芳菲。
杨花榆荚无才思，惟解漫天作雪飞。

蝶恋花

［南宋］范成大

春涨一篙添水面，
芳草鹅儿，绿满微风岸。
画舫夷犹湾百转，
横塘塔近依前远。
江国多寒农事晚，
村北村南，谷雨才耕遍。
秀麦连岗桑叶贱，
看看尝面收新茧。

谷雨（其二）

［清］林以宁

草草深闺度岁华，生平不解问桑麻。
沿篱野豆初牵蔓，绕砌山桃半欲花。
细雨渍成杨柳色，暖风催放牡丹芽。
村姬结束新螺髻，傍晓比邻唤采茶。

谷雨是二十四节气中的第六个节气，每年4月20日或19日，太阳到达黄经30°时为谷雨节气。谷雨是春季最后一个节气，此时节天气收寒，暖意倍增，雨水增多，有利于农作物生长，正是欣欣向荣的季节。

《月令七十二候集解》中说："谷雨，三月中。自雨水后，土膏脉动，今又雨其谷于水也……盖谷以此时播种，自上而下也。"由此，"播谷而时雨降"当是谷雨节气之名的由来。也有人说谷雨之称与仓颉造字有关。相传因仓颉造字功德感天，玉皇大帝便下令打开天宫粮仓，下了一场谷粒雨以嘉奖其功，后人因此把这天定名为谷雨。

谷雨是反映降水现象的节气，典型地体现了节气与中国古代农耕文化的深刻关联。春夏之交，春播、蚕事、开渔等农事活动非常密集。谷雨是春种的大忙时节，民间有很多谚语，比如"清明江河开，谷雨种麦田""谷雨前后，种瓜点豆""过了谷雨种花生""苞米下种谷雨天"等，都在提醒着这个节气应该播种何种作物，此时的雨和谷物，关系着一年的丰收。

"谷雨亲蚕近"。谷雨时节正

值江南的蚕月，从谷雨时节开始，养蚕的农家便进入了采桑育蚕的忙碌阶段。

“清明燕来，谷雨开海”。自古以来北方沿海一带渔民就有谷雨祭海的习俗。家家户户杀猪、蒸饽饽、准备祭祀贡品，祈求出海平安，鱼虾满仓。时至今日，山东荣成一带仍保留着这一习俗。

“谷雨三朝看牡丹”。谷雨时节赏牡丹的习俗已流传千年，因此牡丹花也被称为“谷雨花”。至今，山东菏泽、河南洛阳等地，在谷雨时节都会举办牡丹花会。

立夏

二十四节气之第七

晴日暖风袭
杨柳绿依依

—咏廿四气诗—

咏立夏四月节

欲知春与夏，仲吕启朱明。
蚯蚓谁教出，王菰自合生。
簇蚕呈茧样，林鸟哺鹑声。
渐觉云峰好，徐徐带雨行。

仲吕　指农历四月。古乐按律分为十二律，「仲吕」本是一个律名，古人把音律与自然月份相对应，其中四月对应「仲吕」。

朱明　夏季的代称。

菰 [guā]　「菰」同「瓜」。王瓜，一名土瓜。《礼记·月令》：「（孟夏之月）蝼蝈鸣，蚯蚓出，王瓜生，苦菜秀。」

簇 [cù] 蚕　聚集（在蚕簇上）的蚕。

鹑 [chú]　同「雏」，泛指幼禽。

云峰　像山峰一样大而厚重的云。

· 诵读这首诗时，需要将立夏时节自然界的变化与生命力细腻地表现出来。诗的开篇应以期待的语气，点明春夏交替的主题。“仲吕启朱明”处的语调适当上升，体现出初夏的活力与生机。

· 第二联中的自然现象，体现出自然规律的力量。在诵读时，应带有好奇与感叹的情绪，语气轻柔细腻，突出对自然万物自生自息的赞叹。

· 第三联中温馨的场景要求诵读者用富有感情的声音，体现出生命成长的美好。在“林鸟哺鹑声”处，更可适当增加语气中的温情与关切，如同亲眼见到小鸟被喂养的场景。

· 最后一联通过描写雨中云峰的美景，表达了一种宁静而深远的情感。诵读时，语速可以适当放缓，用悠长和平缓的声音，引领听者感受夏日雨后清新的空气和云雾缭绕的山峰之美，如同在画中行走。

春风荡荡，
日高晏眠，
闲看儿童放纸鸢。

· 诗人在立夏这天，有感于物候的变化，将自己的所观所感融入诗中。首联即点出了时令。诗人没有直接用“四月”“立夏”直白地交代时间，而是用了“仲吕”“朱明”来代称。颔联描绘了立夏节气的物候变化，蚯蚓感受到地气的变化从土中钻出，植物不约而同地奋力生长。颈联同样写的是大自然中的一些变化，春蚕已发育成熟，开始在蚕蔟上吐丝结茧；雏鸟已经破壳而出，不停地鸣叫，吸引亲鸟的注意。

· 颔联和颈联，通过描写自然界中动物和植物的变化，写出了夏季的生机与活力。尾联写出了诗人对夏季的期待，那如山的云，本让人感觉压抑，在夏季却是可爱的，因为它能带来降雨，润泽生灵。

· 这首诗的韵脚“明、生、声、行”四个字，是庚韵字，发音过程比较长，加上平仄的配合，使整首诗读起来节奏明快，余韵悠长。读罢此诗，一个清丽的、蓬勃的、生动的、悠长的初夏，便展现在了读者眼前。

初夏即事

［北宋］王安石

石梁茅屋有弯碕，流水溅溅度两陂。
晴日暖风生麦气，绿阴幽草胜花时。

立夏

［南宋］陆游

赤帜插城扉，东君整驾归。
泥新巢燕闹，花尽蜜蜂稀。
槐柳阴初密，帘栊暑尚微。
日斜汤沐罢，熟练试单衣。

闲居，初夏午睡起二绝句

［南宋］杨万里

梅子留酸软齿牙，芭蕉分绿与窗纱。
日长睡起无情思，闲看儿童捉柳花。

松阴一架半弓苔，偶欲看书又懒开。
戏掬清泉洒蕉叶，儿童误认雨声来。

立夏，是夏季的第一个节气。古书上说："立夏四月节。夏，假也，物至此时皆假大也。"此时节物产比较丰富，人们在农忙的间隙，制作各种美食，为身体储备能量，准备迎接夏忙和"三伏天"。

立夏这天，我国不同地区都有喝"立夏粥"、吃"立夏面""立夏饼"的习俗；湖南长沙的人们会吃用糯米粉和鼠曲草做成的"立夏羹"；在江南地区，人们则用乌饭树叶浸泡后的糯米蒸成乌米饭。生活在福建福州的人们，喜欢在立夏这天吃"锅边糊"。"锅边糊"也叫"鼎边糊"，是用蚬子煮汤，汤烧开后把磨好的米浆沿着锅边浇一圈，等米浆在锅边烫熟后，刮到汤里，最后加上虾米、鱼干、香菇、白菜等食材，烧开后食用，细腻爽滑，清香可口。在农忙时节，煮一锅"锅边糊"，快速省事，家人们吃饱之后可以下田劳作，也可以给左邻右舍送一碗，增进邻里间的感情。

虽然此时节的农事繁忙，人们也有办法"偷闲"，进行一些简单的娱乐活动。我国很多地方都有立夏日给孩子挂蛋的习俗，有谚语称"立夏胸挂蛋，孩子不疰（zhù）夏"。立夏这天，家里将煮好的鸡蛋或者鸭蛋套上网袋，挂在孩子的脖子上。小孩子们便三五成群，玩儿“斗蛋”游戏。“斗蛋”时，蛋头对蛋头，蛋尾击蛋尾，蛋先破者输。在南方地区，有立夏“称人”的习俗。午饭过后，人们聚到一起，用一杆大木秤“称人”。“称人”时，掌秤的人要一边调整秤砣的位置，一边讲吉利话。比如，称老人时要说“秤花八十七，活到九十一”，称小孩儿时则说“秤花一打二十三，小官人长大会出山。七品县官勿犯难，三公九卿也好攀”。据说立夏“称人”以后，人在整个夏天就不怕热了，算是人们对身安体健、福禄双全的一种美好愿望吧。

小满

二十四节气之第八

小满

雉雊麦苗秀
蚕眠桑叶稀

—咏廿四气诗—

咏小满四月中

小满气全时，如何靡草衰。
田家私黍稷，方伯问蚕丝。
杏麦修镰钐，锄苽竖棘篱。
向来看苦菜，独秀也何为？

靡[mǐ]草　草名。

黍稷[shǔjì]　泛指粮食作物。

方伯　古代诸侯领袖之称，谓为一方之长。

钐[shàn]　一种长柄的大镰刀。

苽[guā]　同「瓜」。

苦菜　越年生菊科植物，其嫩茎叶可食用，略带苦味。

· 诵读诗的首联，要表现出对于“靡草衰”的思考与发问，语调应稍微上扬。颔联描绘的是农家忙于耕作和官员关心蚕丝生产的场景，需要用平稳的语调诵读，体现出田家的勤奋和方伯的关切，反映出人们对农事生产的重视。

· 诵读颈联时，要突出农事工作的忙碌与辛劳，需要以有节奏、有力度的声音表现出来。尾联再次对“苦菜秀”发问，在诵读时，应使用略带哲思的温和语气，反映出诗人观察自然、思考生命的态度。

· 诵读这首诗，要重点将诗中描绘的小满时节的农事忙碌及其背后的深层含义表现出来，使听者能清晰感受到小满时节丰富的自然景观与人文情怀。

蛙鸣起，
微雨池塘见，
好风襟袖知。

· 二十四节气不仅是天文历法与生活习俗的小百科，更是农事活动的重要参照，这首诗正体现了这个特点。

· 诗的开头，作者便就自古流传的“靡草死”这一小满物候提出疑问：小满正是阳气旺盛的时候，靡草怎么会枯死呢？再往下看，只见一派繁忙的景象：农民们把镰刀等农具磨得光亮，干起活儿来才能又快又好；他们在农田里锄草，在周围竖起带刺的篱笆，保护好这些作物；负责督促农事生产的地方官员们急切地询问着蚕丝的收成。读到这里，首联的“如何靡草衰”仿佛有了解释：忙碌的耕种活动自然不会给田间的野草一丝生长机会，爱惜作物的农民们一定会把野草除得一干二净吧！诗的结尾处，针对小满的另一物候“苦菜秀”，作者再次发问道：为何只看苦菜呢？那些粮食、瓜果、蚕丝才更值得珍视啊！字里行间流露出悯农、劝农的思想感情。

归田四时乐春夏二首（其二）

［北宋］欧阳修

南风原头吹百草，草木丛深茅舍小。
麦穗初齐稚子娇，桑叶正肥蚕食饱。
老翁但喜岁年熟，饷妇安知时节好。
野棠梨密啼晚莺，海石榴红啭山鸟。
田家此乐知者谁，我独知之归不早。
乞身当及强健时，顾我蹉跎已衰老。

阮郎归·初夏

［北宋］苏轼

绿槐高柳咽新蝉，薰风初入弦。
碧纱窗下水沉烟，棋声惊昼眠。
微雨过，小荷翻，榴花开欲然。
玉盆纤手弄清泉，琼珠碎却圆。

三衢道中

［南宋］曾几

梅子黄时日日晴，小溪泛尽却山行。
绿阴不减来时路，添得黄鹂四五声。

“小满”这一节气名的意思是“物至于此小得盈满”。“小得盈满”的事物，人们普遍认为有二：一是降水，这时开始增多，正所谓“小满小满，江河渐满”；一是麦粒，这时开始饱满起来。无论哪种“满”，都在提醒人们一个热火朝天的农忙时节马上到来。

俗话说“小满动三车”。所谓“三车”，是水车、油车和丝车。小满正是农作物需要大量水分浇灌的时候，一些地方流传着“抢水”的习俗。田边的河道上架起一台台水车，人们踏上水车齐声发力，将河水引灌入田。小满也是收获油菜籽的时节。春天那片黄澄澄的油菜花，此刻变成了饱满的籽实。人们将油菜籽送到榨油坊，油车一转，便流出鲜香透亮的油来。小满还是蚕宝宝吐丝结茧的时候，养蚕的人们忙着煮茧，并用丝车缫丝，昼夜不停。相传小满是蚕神的诞辰，有些地区的人们此时还要过“祈蚕节”。他们用稻草扎一个小山，上面放些用面粉制成的“蚕茧”，以此祈盼蚕事丰收。

“苦菜秀”是小满的物候之一，吃苦菜也成了小满节气食俗的一部分。苦菜，正如其名字一样带着苦味，人们认为它能清热去火。

另一个传统的节气吃食是“碾转”，也叫“撵转”，有的地方叫“麦索”。小满时节，麦粒将满未满，还泛着嫩嫩的青绿色，此时把它们打下来，去壳蒸熟或炒熟，放进石磨一转，就能看到一根根面条一样的碾转从石磨的缝隙里漏出来。做碾转的时候，很多小孩子会等不及后面的工序，直接拿刚磨出来的碾转就往嘴里送，口中顿觉一股麦子的清香。不过，通常的吃法是用蒜泥、辣椒、醋等调料拌着吃，或用鸡蛋等食材炒着吃，都别有一番风味。

芒种

二十四节气之第九

时雨及芒种
四野皆插秧

—咏廿四气诗—

咏芒种五月节

芒种看今日，螗螂应节生。
彤云高下影，鴳鸟往来声。
渌沼莲花放，炎风暑雨清。
相逢问蚕麦，幸得称人情。

螗螂　即螳螂。全身绿色或土黄色，头呈三角形，有镰刀状的前脚，是一种对农业有益的昆虫。

彤 [tóng] 云　彩云。

鴳 [jú]　鸟名，即伯劳。《逸周书·时训解》：「芒种之日，螳螂生，又五日，鴳始鸣。」

沼 [zhǎo]　天然的水池。

幸　幸运。

称 [chèn]　符合。

· 在这首节气诗中，诗人不仅写出了物候的变化、自然的场景，更描绘出芒种时节的田间景象。在诵读时，首先以舒缓柔和的语气开始，如漫步田间，置身于芒种时节的宁静之中。表现彤云高悬，鹖鸟往来的画面时，要注意控制语速，带有些许悠扬的感觉，让听者感受到大自然的宁静悠然和生机勃勃。

· 在表现渌沼莲花绽放和炎风暑雨交织的情景时，语速可以略微加快，表现出夏日的活力和炽热。同时，在“相逢问蚕麦，幸得称人情”的部分，应以温情的语气，流露出作者的欣慰之感。

· 整个诵读过程要注重情绪的变化，通过声音的起伏、语速的调整，将诗意传递出来。在适当的地方作停顿，让每个词语、每个句子都有足够的表达空间，让听者更好地领会诗的意境和情感。

稼穑惟艰，
农事惟勤。
青梅煮酒，
共话桑麻。

· 这首诗，开宗明义，首句即点出作诗之日是芒种节气，接着描写了芒种时节的物候和气象变化。

· 随着温度升高，小螳螂悄悄破卵而出，准备享受精彩的夏日生活；鹏鸟往来、纷飞鸣叫，提醒农人不要误了农时；而村居旁的水池里，荷花开得正艳，绿水红花互相映衬，赏心悦目。芒种时节，夏日的炎热潮湿渐渐显露：烈日高照，升腾的暑气在空中不断堆积，形成厚厚的云，最后变成雨落回大地。

· 诗人不仅关注节气的自然变化,也关注“人事”。诗的最后一联，转向忙于农事的劳动者。忙碌的农人在路上相遇，会互相询问蚕丝和小麦的情况，充满了浓浓的乡情。

观刈麦（节选）

［唐］白居易

田家少闲月，五月人倍忙。
夜来南风起，小麦覆陇黄。
妇姑荷箪食，童稚携壶浆。
相随饷田去，丁壮在南岗。
足蒸暑土气，背灼炎天光。
力尽不知热，但惜夏日长。

初夏闲居（其八）

［南宋］陆游

煮酒青梅次第尝，啼莺乳燕占年光。
蚕收户户缫丝白，麦熟村村捣麨香。
民有裤襦知岁乐，亭无桴鼓喜时康。
未尝一事横胸次，但曲吾肱梦自长。

芒种后积雨骤冷三绝（其三）

［南宋］范成大

梅霖倾泻九河翻，百渎交流海面宽。
良苦吴农田下湿，年年披絮插秧寒。

芒种一到，农户们要抢着收农田里夏季成熟的作物，要赶着种夏播秋收的作物，还要管理春季播种的作物。芒种节气的特点,都体现在“忙”上,农谚有“小满赶天，芒种赶刻”的说法。

为了应付农忙，在北方一些地区，麦收前一两个月，人们就会加工一些鸡蛋为农忙做准备。生鸡蛋用高度白酒消毒，裹上盐封存在密闭的容器里，或者直接浸在浓盐水里,等待一段时间,就变成了咸鸡蛋。煮熟的咸鸡蛋，蛋白咸香，蛋黄起沙流油，甚是美味。而用生石灰、食用碱等腌制成的“变蛋”,不用煮就可食用,更是省时省力。取一个成熟的变蛋，先敲掉外面裹着的石灰泥，再剥开蛋壳，就露出金黄透明的蛋，让人忍不住想把这颗金黄整个儿放进嘴里。夏日的正午，挥舞了一上午镰刀的收麦人，用咸鸡蛋配上热腾腾的主食，或者几个变蛋配一瓶啤酒，就是一餐。虽是这样简简单单的一餐，也能补充体力、消解疲劳，人们在享受完美味后又能投入到热火朝天的劳动中。

此时的南方广大地区，不仅气温高，而且降雨增加，空气湿度大，难免会让人有疲劳慵懒之感。芒种时节成熟的梅子，含有多种对人体有益的有机酸和矿物质，可以消除疲劳，增强身体免疫力。青梅酸涩，不宜直接入口，与糖同煮，即可去除大部分的酸涩味道。煮后的青梅，酸甜可口，生津止渴，是祛暑益气的佳品。

农忙的间隙，人们也会举行一些活动，祈求农事顺利，年内有个好收成。在浙江梅源山区，每年芒种这一天，当地会举办以设纽迎神、巡游祈福、芒种开犁等活动为主的开犁节，作为夏季播种插秧等农事活动的开始。

安徽南部的一些地区，则有“安苗”的农事习俗。芒种时节，各家各户辛勤劳作，将稻秧栽入水田后，各个村子会选一天举行安苗仪式，在田间祭祀，祈祷风调雨顺，物阜年丰。

夏至

二十四节气之第十

林密知夏深
仰看天离离

—咏廿四气诗—

咏夏至五月中

处处闻蝉响，须知五月中。
龙潜渌水穴，火助太阳宫。
遇雨频飞电，行云屡带虹。
蕤宾移去后，二气各西东。

太阳宫　佛教谓日天子住于太阳中，太阳为日天子的宫殿。

蕤[ruí]宾　古乐十二律之一。古人用古乐十二律对应一年的十二个月份，蕤宾对应农历五月。

二气　指阴、阳二气。

· 诵读这首诗，可以先以平缓的语调开始，想象自己在树荫下乘凉，微风拂面，蝉鸣此起彼伏的场景。诵读者需要将注意力放在“蝉响”二字上，着重展现出蝉声的响亮与轻快，让听者仿佛置身于蝉鸣盛夏的场景中。

· 在“龙潜渌水穴，火助太阳宫”这一联，语速可以稍微加快，呈现出夏至时节烈日炎炎的环境氛围。在“遇雨频飞电，行云屡带虹”一联，语气中要带着一丝欢快和灵动，体现雷雨过后的清新感与云彩变幻的美妙景象。

· 到“蕤宾移去后，二气各西东”这一联，可以适当放慢语速，并用更柔和的语气，表现出顺应自然变化的从容之感。

避暑歇夏，
看风荷清圆，
迎水而立，
身心与之俱净。

·“蝉鸣”是盛夏的预告，诗人在首联仅通过听觉的捕捉，就将读者带入了“处处蝉鸣”的夏日世界，而颈联中午后的雷雨、雨过天晴后的彩虹也随之愈发亲切起来。

· 夏至所在之月被称为“仲月”，意为夏季之中。在古人的世界观中，此时天地间阳气极盛，因此“炎热”是夏至亘古不变的主题。诗人在颔联中运用比喻与对比的手法，先呈现了潭水的“深”与“凉”，继而将太阳比作宫殿，呈现了太阳火势猛烈之状，写其“远”与“热”，在天上水下、清凉燥热的对比中，暗示了人间正处于酷日的炙烤之中，人们恨不能也潜入深渊，使读者顿有身临其境之感。

· 古人辩证地认为，“夏至一阴生”。也就是说，夏至时阴气初动，此日后白昼渐短，尽管气温仍高居不下，但也已成强弩之末。尾联描绘了阴、阳二气的变化趋势——阳气向西、阴气渐东，正是在阴阳二气的运转变化中，世界才会有寒来暑往、春秋冬夏，生命也才能千姿百态、循环往复。

夏至避暑北池

［唐］韦应物

昼晷已云极，宵漏自此长。
未及施政教，所忧变炎凉。
公门日多暇，是月农稍忙。
高居念田里，苦热安可当。
亭午息群物，独游爱方塘。
门闭阴寂寂，城高树苍苍。
绿筠尚含粉，圆荷始散芳。
于焉洒烦抱，可以对华觞。

和梦得夏至忆苏州呈卢宾客

［唐］白居易

忆在苏州日，常谙夏至筵。
粽香筒竹嫩，炙脆子鹅鲜。
水国多台榭，吴风尚管弦。
每家皆有酒，无处不过船。
交印君相次，褰帷我在前。
此乡俱老矣，东望共依然。
洛下麦秋月，江南梅雨天。
齐云楼上事，已上十三年。

和昌英叔夏至喜雨

［南宋］杨万里

清酣暑雨不缘求，犹似梅黄麦欲秋。
去岁如今禾半死，吾曹遍祷汗交流。
此生未用愠三已，一饱便应哦四休。
花外绿畦深没鹤，来看莫惜下邳侯。

夏至是二十四节气中的第十个节气，这一天太阳直射北回归线，北半球在这一天白昼最长，夜晚最短。也正是从这天开始，天气会愈发炎热，玉米、水稻等一些农作物加速生长。但是，在高温下农作物的需水量也比较大，过去如果不下雨，农民就只能在烈日炙烤下进行人工浇灌，其辛劳疲惫可想而知，所以有“夏至一场雨，一滴值千金”的说法。

古时，夏至的习俗曾与端午节是相同的。《岁时广记》引《风土记》:“仲夏端午，俗重此日，与夏至同。”古代朝廷官员在夏至前后可以休假三天，还会收到冰酒、杏子等节日赏赐。不过，后来这些习俗渐渐成为端午的专属；随着历代休假制度的改革和变化，夏至假期被弱化并最终被取消，而端午的一天假期则一直被保留下来，社会从上到下对端午的重视程度逐渐超过夏至。

民谚云：“冬至饺子夏至面。”夏至也是小麦收获的季节，但这时容易发生病虫害，所以人们用新收的小麦做成凉面，祭祀祖先与掌管农业的神祇，祈求禳灾避邪、五谷丰登。尤其喜爱面食的山西人在此时常吃凉粉、凉皮、凉面，清爽消夏。

《帝京岁时纪胜》记载，清代北京家家户户都在夏至这天吃冷淘面，到北京游历的人对其无有不交口称赞者。两面黄是江苏等地夏至的面食，大致做法是用油将熟面条的两面都煎至金黄，然后根据食者的不同口味搭配各色浇头，一碗盛出，必定色泽鲜艳、香气四溢。除此以外，江苏还会在夏至吃豌豆糕、炒蚕豆，以解热祛毒、补益脾胃。夏至正是荔枝成熟的时节，民间更有“夏至食个荔,一年都无弊”的说法。此时，荔枝的成熟度较高，果肉肥厚鲜甜、饱满多汁，若因暑气而胃口不佳，吃几颗荔枝，也是不错的选择。不过，荔枝含糖量高，不宜过量食用。

小暑

二十四节气之第十一

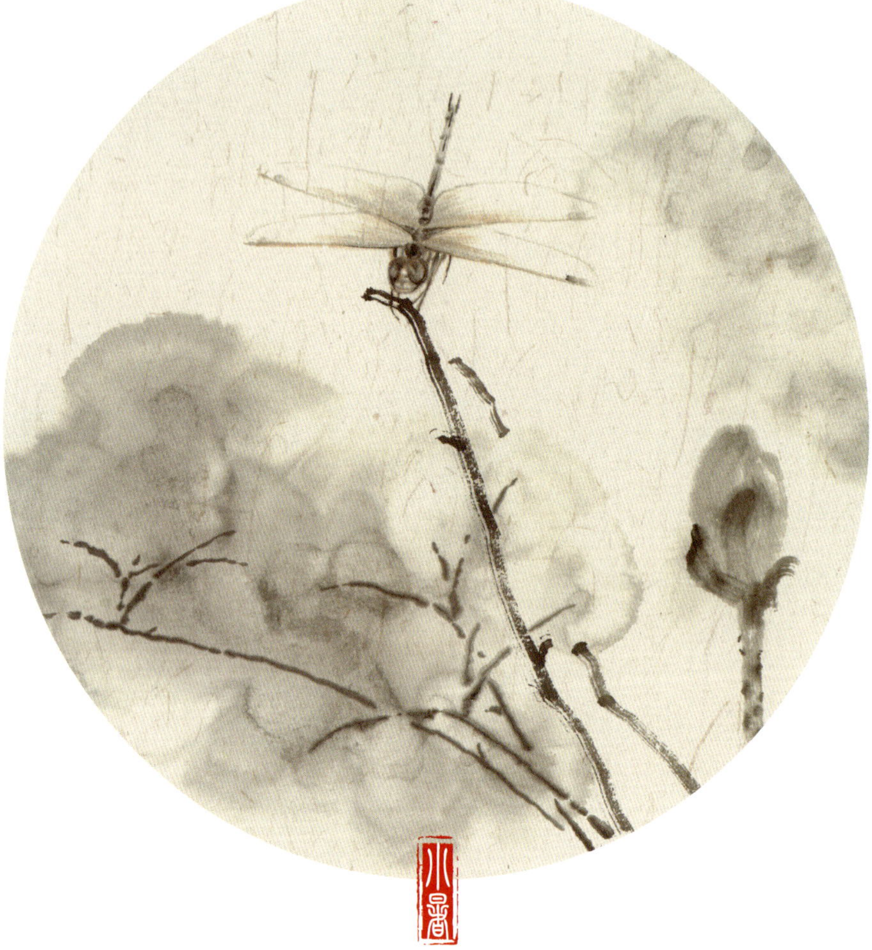

草木竞荣茂
融融小暑天

咏廿四气诗

咏小暑六月节

倏忽温风至，因循小暑来。
竹喧先觉雨，山暗已闻雷。
户牖深青霭，阶庭长渌苔。
鹰雕新习学，蟋蟀莫相催。

倏[shū]忽 顷刻，指极短的时间。

因循 此处指顺应自然。

竹喧 竹叶随风而动，声响而嘈杂。

户牖[yǒu] 门窗。

霭[ǎi] 这里指弥漫的雾气。

阶庭 台阶前的庭院。

苔[tāi] 即青苔，多生于阴湿地方，延贴地面。

雕 《敦煌诗集残卷辑考》录为「鴿（鸽）」，敦煌文献斯三八八〇卷作「凋」，据《敦煌文献语言大词典》，「凋」与「雕」古通，今录为「雕」。

习学 即学习，指幼禽反复学飞。《礼记·月令》：「（季夏之月）鹰乃学习。」

· 诵读这首诗，需要通过声音的抑扬顿挫和情感的投入，生动地展现小暑时节自然景象的丰富多彩以及夏日生活的安逸宁静。

· 诵读首联时，可以用轻快的语气，体现出夏日温风的轻盈之感，在“因循小暑来”处，可适当放慢语速，仿佛在向身边友人诉说盛夏的故事。

· 诵读颔联，应注重声音的层次感。“竹喧”体现了一种动感，可以稍微抬升语调以突出风中竹叶的沙沙声响；而在“山暗已闻雷”处，语调则需要适当下沉，并适当加重语气，以体现雷声隆隆和山色暗淡，营造夏日大雨前的紧张气氛。

· 颈联的语气应变得更加柔和，在“深青霭”处，要用悠扬而深远的音色描绘，在“长渌苔”处，则更注重细腻感与生命力的表现，展现出一个润泽、静谧的空间感。

· 最后一联的语气可稍带轻松与诙谐，“鹰雕新习学”可以稍活泼一些，表现出幼禽学飞的生动场景；“蟋蟀莫相催”则以更加平缓的节奏表达，体现夏夜蟋蟀声声相伴的宁静与平和，传达一种与自然和谐共存的生活氛围。

一扇轻摇，
凉飔拂面而来，
是起自青萍之末的气息。

赏析

· 这首诗描绘了小暑时节的自然景观。首联写风，“温风”二字点明了小暑的气候特点，气温渐渐升高，温热的微风悄悄带来了炎夏的气息。颔联写雨，雨水渐渐多了起来，哗啦啦的竹叶声和轰隆隆的雷声宣告了盛夏的来临。颈联中诗人将目光移至庭院，温热的天气以及连绵的降雨带来的水汽使庭院里也长满了青苔。

· 暑气来袭，人们要想办法避暑觅凉，动物们也有各自应对的方式。猛禽幼鸟学着飞到清凉的高空中活动，在反复练习中逐渐成长；蟋蟀离开了田野，在庭院的墙角下、砖缝里躲避暑热。

· 全诗风格平浅明快，诗人通过耳闻目见，用简练明朗的语言极为自然地写出了这个时节特有的意趣与氛围。

夏夜追凉

［南宋］杨万里

夜热依然午热同，开门小立月明中。
竹深树密虫鸣处，时有微凉不是风。

前调·小暑

［明］易震吉

小暑啜瓜瓤。粗葛衣裳。
炎蒸窗牖气初刚。
无计遣兹长昼也，茗碗炉香。
深院一垂杨。又闹鸣螀。
簿书堆案使人忙。
何不归与湖水上，做个渔郎。

夏日

［清］乔远炳

薰风愠解引新凉，小暑神清夏日长。
断续蝉声传远树，呢喃燕语倚雕梁。
眠摊菰簟千纹滑，座接花茵一院香。
雪藕冰桃情自适，无烦珍重碧筒尝。

进入七月，草木繁盛，瓜果俱熟，夏风夹杂着花香从窗外吹来，骤起的雷雨与蛙声奏起夏夜交响。二十四节气之第十一个节气——小暑，就这样来了。

小暑的到来，不仅意味着盛夏的降临，还意味着最早一轮的丰收。古老农耕文明孕育的子民，保留着“食新”的传统：在小暑过后品尝新米、祭祀祖先。咀嚼着口中的新米，享受唇齿间泛起的甘甜，晶莹剔透的米粒蕴含了人们对这片土地的虔诚。同时，“新”与“辛”谐音，“食新”代表着把辛苦全都吃下去，期盼来年少受劳苦，日子越过越好。这些新米也要准备一份用来祭祀祖先，祈求上天保佑风调雨顺。

小暑时节，恰逢三伏天前，天气日趋炎热。中医认为，暑热太过，暑气也会伤人，所以在饮食上要特别注意解热消暑。小暑有吃“三宝”的习俗，所谓“三宝”，即黄鳝、莲藕、绿豆芽。小暑后的黄鳝肥美而滋补，有助于除风湿，帮助人们轻松度过湿气重的炎炎夏日；莲藕是解内热的利器之一，六七月份正值鲜藕上市，口感鲜甜；绿豆芽是再平常不过的食材，平日里它只是微不足道的小配角，但到了小暑后它就变成了主角，可凉拌也可热炒，健脾生津。

在北方地区，还有头伏吃饺子的传统，“头伏饺子二伏面，三伏烙饼摊鸡蛋”。七月上旬，正是是蔬菜最为丰盛的时节。一把新鲜的蒜苔，一捧可人的豆角，几根刚摘下来带着毛刺的黄瓜。在小暑这天，把新鲜蔬菜包进饺子里，开胃解馋，治愈伏日里的食欲不振，大快朵颐，与火热的生活齐头并进。

小暑还有“晒伏”的习俗。民谚有云：“六月六，人晒衣裳龙晒袍。”这是因为在小暑前后，日照时间长，经过晦暗的梅雨季节，难得有如此放肆的阳光，大家就不约而同地把衣被晾到室外，让它们接受阳光的暴晒，去除潮湿和霉气。除了晾晒衣物，古时文人还习惯把家里的书籍拿出来晒一晒，让阳光浸透书页，驱赶书中蛀虫。

小暑虽然是一年炎热之时，却也是我们调节内心的好时机，心清则静，心静则凉，调整心态，让美好悄悄酝酿，让力量暗暗滋生。

大暑

二十四节气之第十二

暑盛静无风
浮瓜沉朱李

咏廿四气诗

咏大暑六月中

大暑三秋近，林钟九夏移。
桂轮开子夜，萤火照空时。
苽果邀儒客，菰蒲长墨池。
绛纱浑卷上，经史待风吹。

三秋 农历七月为孟秋，八月为仲秋，九月为季秋，合称「三秋」，泛指秋季。

林钟 指农历六月。古乐按律分为十二律，「林钟」本是一个律名，古人把音律与自然月份相对应，其中六月对应「林钟」。

九夏 「九夏」本为九首古乐的合称，此处借指夏季九十天。

桂轮 月亮。

菰蒲 [gūpú] 菰与蒲，均为浅水植物。

绛 [jiàng] 纱 犹绛帐，红色帐帷，对师门、讲席的敬称。

· 整首诗的诵读需要通过声音的变化，将大暑时节的自然美景和文化雅趣表现出来，使听者能够深切感受到诗中所蕴含的美学意趣。

· 诵读诗的第一联，应以平稳的语调开始，体现大暑时节天气炎热的静谧之感。“林钟九夏移”一句表现时间的流逝，语气中要带有一丝对秋日的期待。

· 第二联描绘了一幅夏夜美景，诵读时应采用轻柔的语气，体现明月悬空和萤火虫飞舞的浪漫氛围，使听者仿佛置身于一个宁静而美丽的夜晚。

· 第三联，应用平和而含蓄的语气诵读，表现出文人雅士在盛夏时节相聚品味自然之美的惬意。“苽果邀儒客”是对友人的真诚邀请，而“菰蒲长墨池”则勾勒出清幽的池塘景象，整体营造出文静雅致的氛围。

· 诵读最后一联时，应体现出一种静候风来的宁静感。语气应偏轻柔并略带期盼，想象微风拂动，书页轻卷的场景，体现出盛夏之下难得的沉静之美。

洗象看谷秀，
浮瓜沉李漫曝书，
消夏不必江村。

· 大暑节气，时值三伏，暑气蒸腾。尽管是子夜时分，但天气闷热，湿气凝重，诗人难以入眠，于是作就此诗。

· 诗人从大处落笔，以“三秋近”和“九夏移”点明大暑节气的时序特点，又巧借“林钟”和“九夏”写日月流转，盛夏近秋。夜晚月光皎洁，萤火映照，宁静安谧。暑热时节，诗人准备用清凉果品招待友人，庭院墨池中的菰蒲沁出丝丝凉意，在池水旁稍作休憩，也不乏消暑之闲趣。萤虫翻飞、瓜果结实、菰蒲漂动，诗人勾勒出了独特的盛夏景象，也写出大暑节气的物候特点。夏日炎炎，困倦难抑，暂且把经史典籍搁在一旁，等待清风徐来，也许在诗人看来，这并非怠惰，而是顺应自然之变、体验气候之道的积极乐观和淡泊心境。

夏日闲放

［唐］白居易

时暑不出门，亦无宾客至。
静室深下帘，小庭新扫地。
褰裳复岸帻，闲傲得自恣。
朝景枕簟清，乘凉一觉睡。
午餐何所有，鱼肉一两味。
夏服亦无多，蕉纱三五事。
资身既给足，长物徒烦费。
若比箪瓢人，吾今太富贵。

和晁应之大暑书事

［北宋］张耒

蓬门久闭谢来车，畏暑尤便小阁虚。
青引嫩苔留鸟篆，绿垂残叶带虫书。
寒泉出井功何有，白羽邀凉计已疏。
忍待西风一萧飒，碧鲈斫鲙意何如？

大暑

［南宋］曾几

赤日几时过，清风无处寻。
经书聊枕籍，瓜李漫浮沉。
兰若静复静，茅茨深又深。
炎蒸乃如许，那更惜分阴。

古书中说，大者，乃炎热之极也，大暑是一年中最热的节气。此时高温似火，暑热如蒸，大雨时行，潮闷难耐。中国古代神话中有掌雪之神，吸风饮露，敲箸降雪，随风驾雾，云游四海，似乎不会受暑湿交蒸之苦。虽然古人没有挥风洒雨的本领，但在漫长的劳作生产发展过程中，也靠自己的聪明智慧找到了消暑解热、补气养生之道。

从古至今，中国人都注重以饮食之法以消解暑热。凉性食物可以消暑，温性食物则能祛湿。

广东、福建等地区有大暑“吃仙草”的习俗，民谚有“六月大暑吃仙草，活如神仙不会老”之说。仙草也称“凉草粉”，是一种药食两用植物，性甘凉，多含糖，有清热解毒的功效。旧时，人们用晒干的仙草茎叶加水煎煮，再加入米浆或稀淀粉制成凉冻，加糖水碎冰后食用，口感柔滑软韧，齿间清凉甜润，潮热之感瞬间消去大半。直至今天，烧仙草仍是极受欢迎的特色消暑甜品。

有些地区习惯在潮热正盛的大暑节气多食温补的食物，以热制热。在山东一些地区，人们一直保留着大暑喝羊肉汤的节气习俗，也称作“喝暑羊”。大暑天正值三伏，人体内容易积热，或因发汗而体虚，而羊肉性温，营养丰富，暖胃生津，此时煮羊肉汤，需加入姜、蒜、辣椒等调味。羊肉鲜嫩，汤汁开胃，入口浓香，酣畅淋漓。大暑时节喝羊肉汤，身体发汗后，顿觉清爽，还可以补充营养，也是独特的大暑养生习俗。

大暑节气，热量充裕，雨量丰沛，是农作物生长的最佳时节，但此时也是水涝、风灾等气象灾害频发时期。在江浙沿海地区，当地百姓为了祈求平安顺遂、风调雨顺，至今仍保留着送“大暑船”的习俗。大暑船需要在大暑节气之前赶造出来，船体按照旧时的帆船模样建造，船身彩绘刻画着中华传统民俗故事和富有吉祥寓意的图案。大暑这天一早，伴着众人的齐声呐喊和乐队鸣锣，十几位身强体壮的渔民将一艘“盛装出席”的大暑船推向江边。当地民间艺人也伴着大暑船的队伍，沿路表演舞龙舞狮、抬阁、打花鼓等民间传统节目，数万市民则沿路祈祷“送暑平安”，场面十分热闹。大暑船入水后，随着潮水越漂越远，也带去了渔民们的美好心愿。

立秋

二十四节气之第十三

云天收夏色
木叶动秋声

—咏廿四气诗—

咏立秋七月节

不期朱夏尽，凉吹暗迎秋。
天汉成桥鹊，星娥会玉楼。
寒声喧耳外，白露滴林头。
一叶惊心绪，如何得不愁？

不期 没想到。

凉吹 凉风。

天汉 银河。

星娥 传说中的织女。

玉楼 指神仙的居所。

寒声 提示着天气转凉的风声、雨声、虫鸣、鸟鸣声等声响。

得 能。

· 整首诗的诵读应侧重于情感的细腻表达和景象画面的生动传达，开篇第一联应以略带惊讶的语气开始，表现出夏天结束、秋天到来的突然之感。“凉吹暗迎秋”中的“凉吹”二字可用稍轻快的节奏读出，传递出秋风初至的舒爽之感。

· 第二联描绘的是传说中仙鹊搭桥、牛郎织女相会的场景，诵读时可以转换为轻盈而舒缓的语气，仿佛能看见鹊桥相会的浪漫景象。

· 第三联凸显了初秋清晨的寒凉之感。诵读“寒声喧耳外”一句时，应表现出秋风萧瑟的意境，而“白露滴林头”则用更细腻、柔和的声音，描绘露珠滴落的静谧。

· 最后一联更适合以偏缓慢、表现沉思的语气读出，将那种因秋天而引发的微妙的愁绪表现出来，表现出立秋时节诗人因一片飘落的黄叶而思绪万千的意境。

谁说瓠落无用？
陋巷之中曾伴随颜回，
也可用来向村头沽酒取醉。

· 立秋，暑热初退，早晚天气转凉，树叶开始凋零。诗人于夜里乍觉秋天来临，于是写就此诗。首联中的“不期”和“暗迎”既表现出诗人恍然发觉秋天已悄然而至的心理感受，又体现出立秋时暑热未尽、夜间微凉的气候特征。

· 诗人仰望夜空，联想到牛郎织女鹊桥相会的故事，渲染了初秋的情感深度与氛围。“寒声”和“白露”则分别从听觉和视觉层面描写了夜色中的秋意。“寒声”可能是指秋风悄悄吹过时发出的声音，也可能是秋虫的鸣叫；而“白露”则是秋季的标志景象，凝结于林梢，清晨在阳光下熠熠生辉。诗中的描写不仅勾勒出初秋的景象，也凸显了秋天凉爽清新却又带有些微寒之意的气候特点。有道是“一叶知秋”，见树叶飘落，诗人内心不禁泛起对时节更替、时光流逝的愁绪来。

立秋二绝

［南宋］范成大

（其一）

三伏熏蒸四大愁，暑中方信此生浮。
岁华过半休惆怅，且对西风贺立秋。

（其二）

折枝楸叶起园瓜，赤小如珠咽井花。
洗濯烦襟酬节物，安排笑口问生涯。

立秋日

［南宋］刘翰

乳鸦啼散玉屏空，一枕新凉一扇风。
睡起秋风无觅处，满街梧叶月明中。

立秋

［元］方回

暑赦如闻降德音，一凉欢喜万人心。
虽然未便梧桐落，终是相将蟋蟀吟。
初夜银河正牛女，诘朝红日尾觜参。
朝廷欲觅玄真子，蟹舍渔蓑烟雨深。

每年8月8日或7日，太阳到达黄经135°时为立秋。立秋后，虽然一时暑气难消，“秋老虎”开始横行，但天气总的趋势是逐渐转为凉爽。立秋有三候：一候凉风至，二候白露降，三候寒蝉鸣。分别对应了秋风送爽、气温下降出现露水、寒蝉（蝉的一种）开始鸣叫三个季候特征。

据《说文解字》:“秋,禾谷孰也。”“孰”是“熟”的古字。立秋，昭示着农作物即将成熟，而好的收成又是一个国家国泰民安的基础，因此，从古至今，无论官民，都非常重视这一节气。早在周代，逢立秋日，天子亲率三公、九卿、诸侯、大夫到西郊举行祭祀仪式，以迎接秋季到来。至汉代仍有立秋日举行祭祀典礼的做法。《后汉书 · 祭祀志》曰：“立秋之日，迎秋于西郊，祭白帝蓐收，车旗服饰皆白。”除了“迎秋”，还有“秋社”之俗。秋社通常在立秋后第五个戊日举行，官府与民间皆于此日祭祀土神，以酬谢它给人间带来的五谷丰登。

立秋，天气开始转凉，为了应对漫长湿热的苦夏带给身体的损失，智慧的劳动人民创造出充满生活趣味的多样民俗。比如，南宋周密在《武林旧事》中记载：“立秋日，都人戴楸叶，饮秋水、赤小豆。”清代有在立秋这天悬秤称人的习俗，和立夏日所称之数相比，以验夏中之肥瘦。瘦了当然需要“补”,方法就是“贴秋膘”。

“贴秋膘”流行于北方地区，一般指在立秋这天进食各种肉，“以肉贴膘”，其目的就是通过食疗，把身体亏欠的营养补回来。

“贴秋膘”的习俗一直延续至今，不过，随着现代生活水平的提高，人们意识到一味地通过大鱼大肉进补其实并不科学。因为立秋后的天气逐渐由“湿热”转向“燥热”，饮食宜滋阴润肺，可适当多吃莲子、木耳、山药、莲藕、蜂蜜、秋梨以及豆类食物等。

处暑

二十四节气之第十四

离离暑云散
袅袅凉风起

咏廿四气诗

咏处暑七月中

向来鹰祭鸟，渐觉白藏深。
叶下空惊吹，天高不见心。
气收禾黍熟，风静草虫吟。
缓酌樽中酒，容调膝上琴。

向来 一向，从来。

鹰祭鸟 老鹰把猎杀的鸟摆在一旁却不食用，像是在用猎物祭祀一样。《逸周书·时训解》："处暑之日，鹰乃祭鸟。"

白藏 [cáng] 《敦煌诗集残卷辑考》录为「百藏」，据《敦煌文献语言大词典》，「白」与「百」在敦煌文献中通用，《全唐诗补编》录为「白藏」，今亦录为「白藏」。白藏，指秋天。秋于五色为白，序属归藏，故称。

叶下 树下。

禾黍 [shǔ] 泛指黍稷稻等粮食作物。

缓 《敦煌诗集残卷辑考》录为「漫」，据《敦煌文献语言大词典》，「缓」与「容」在此句中对文同义，《全唐诗补编》录为「缓」，今亦录为「缓」。

酌 [zhuó] 饮（酒）。

樽 [zūn] 盛酒的器具。

· 诵读首联时，“向来鹰祭鸟”的语气和语调要平稳一些，并略带叙述感；读“渐觉白藏深”一句,语气可以更加深沉一些,略带神秘感,表现出秋天的静谧与深邃。

· 诵读颔联时需要表达出风吹叶动和天高云淡的空旷意境，“空惊吹”三字需用轻盈、稍快的节奏体现风的轻拂，“天高不见心”则需要以更加抒情和向往的语气，体现诗人在这天高云淡的景象中展开无限的遐想。

· 颈联，应注重上半句的稳重感和下半句的静谧感。“气收禾黍熟”用稳重、略悠长的语气表现看到丰收景象的欣慰；“风静草虫吟”则适宜用柔和细腻的声音，表现聆听草虫低吟时的宁静与安逸。

· 诵读尾联，要传达出诗人在宁静的夜晚品尝美酒和弹奏琴曲的惬意，特别要在“缓酌”与“容调”两处适当放慢语速，让听众感受到那份安逸与平和。

晚蝉渐咽、
暮色四围、
云散去、
凉风袅袅而起。

· 这首诗的前三联，诗人不断转换视角，对处暑节气的物候和气象变化做了细致描写。首联，诗人先写所见——“鹰祭鸟”，后写所感——“白藏深”，视角从外转向内；颔联，先写树下的风，后写高远的天，视角由近及远；颈联则由远及近，先写远处田野里金黄的庄稼，后写近旁草丛中振翅而鸣的昆虫。通过这三次视角转换，诗人将处暑的三种物候变化与自身对节气的观察巧妙地融合在一起，勾画出一幅辽阔高远、动静相宜的秋日图景。

·《月令七十二候集解》解释“处暑”节气时说：“处，止也，暑气至此而止矣。”处暑时节，暑热渐消，天高云淡，稼穑待熟，农事不催，诗人忍不住抚琴浅酌，想要尽情享受这难得的闲适惬意。

· 这首诗的韵脚用字也比较讲究。韵脚的“深”“心”“吟”“琴”，都是闭口音，发音部位靠前，音程较短，与处暑节气的暑气收敛、天地始肃的物候特点相合，使整首诗读起来干净利落，似乎又带着丝丝愁绪。

初秋

［唐］孟浩然

不觉初秋夜渐长，清风习习重凄凉。
炎炎暑退茅斋静，阶下丛莎有露光。

处暑

［南宋］吕本中

平时遇处暑，庭户有馀凉。
一纪走南国，炎天非故乡。
寥寥秋尚远，杳杳夜先长。
尚可留连否？年丰粳稻香。

长江二首（其二）

［南宋］苏泂

处暑无三日，新凉直万金。
白头更世事，青草印禅心。
放鹤婆娑舞，听蛩断续吟。
极知仁者寿，未必海之深。

处暑节气一般在每年8月23日或24日。处暑时节，秋意初显，农田里的作物进入灌浆期，即将成熟，农事没有“三夏”时紧张繁重，暑热渐消，早晚的气温稍低，体感舒适，是一段难得的轻松时光。

处暑过后，北方大部分地区秋意明显，昼暖夜凉，但南方地区温度下降不明显，也有地方会出现“秋老虎”。这时候天气干燥，适合吃些清热、生津、养阴的食物。一些地方有处暑煎药茶的习俗，药茶的材料有川贝、石斛、麦冬、雪梨等，辅以蜂蜜，有清热、去火、消食的功效。

此时的人们刚刚熬过了夏季的酷热潮湿，身体消耗很大，需要优质的蛋白质补充能量。全国多地都有处暑这天食鸭肉的习俗。鸭肉性甘凉，富含蛋白质和不饱和脂肪酸，适合秋季食用。鸭子的做法很多，既可以与菌菇同煮，做成汤鲜味美的菌菇老鸭汤；也可以与老姜同炒，做成防燥祛湿的姜母鸭；还可以先卤后糟再熏，做成皮干香、肉醇厚的香糟鸭。江苏南京有老话说“处暑送鸭，无病各家”。处暑吃鸭子是必不可少的，不仅有萝卜炖鸭、卤鸭、盐水鸭、红烧鸭，还有烤鸭包、鸭血粉丝汤、鸭油烧饼等美食。

处暑节气一般在农历的七月中旬，在传统节日中元节前后。中元节俗称“七月半”，民间有在“七月半”放河灯祭奠先人的习俗。是夜，人们来到水边，将各式各样的河灯点亮并放到河流中，让随水流远去的河灯，将对逝去亲人的思念带向远方……

处暑节气到来，意味着三伏天的尾声。对沿海地区的人们来说，则意味着伏季休渔结束。每年处暑前后，沿海地区都会举办盛大的开渔节，欢送渔民出海。开渔节这天，在港口修整了三个多月的渔船焕然一新，渔民们精神饱满，整装待发。随着一声“开渔”令下，自信满满的渔民们，带着对丰收的希冀，扬帆起航，驶向大海深处。经过休养生息的海洋，会以更丰富的渔获馈赠善待它的人们。尊重自然，取索有时，方能生生不息。这是中国传承千年的自然观，更是中国人千百年来的生存智慧。

白露

二十四节气之第十五

雁度青天远
蝉嘶白露寒

—咏廿四气诗—

咏白露八月节

露沾蔬草白，天气转青高。

叶下和秋吹，惊看两鬓毛。

养羞因野鸟，为客讶蓬蒿。

火急收田种，晨昏莫告劳。

秋吹　秋风。

鬓[bìn]　面颊两旁近耳的头发。

养羞　储藏食物。

蓬蒿[pénghāo]　飞蓬和蒿子，亦泛指草丛、野草。

火急　形容十分紧急。

田种[zhǒng]　指庄稼。

· 整首诗的诵读需要注重情绪的转换和情感的生动传达，通过声音的细腻表现，让听众感受到诗中所描绘的自然景观之美以及对生活的感悟。

· 诵读第一联，需要以略轻快的语气体现白露时节清晨的清凉舒爽与露水在树梢叶间的潮润气息；“天气转青高”部分，语调可以稍作提升，体现天空变得高远清澈的视觉效果。

· 第二联，“叶下和秋吹”部分，用轻柔而略带哀愁的语气来诵读，“惊看两鬓毛”部分，则需稍带惊讶与沉思，体现对时间流逝、两鬓斑白的感慨。

· 诵读第三联时要用平静、含蓄的声音，体现出诗人看到野鸟储食与蓬蒿丛生而产生的忧愁之感。

· 第四联饱含着诗人对家人的牵挂与叮嘱。“火急收田种”应以略紧迫的语气读出，也体现出农家对秋收的重视；“晨昏莫告劳”则以平和而舒缓的语气结束。

纤云四卷，
清风吹空，
月兔玉杵捣药，
桂子落，
天香飘。

· 白露微寒，秋意已浓，诗人在描写自然景物之余，不禁感叹起时序更替、年华易逝。诗的开篇既点出了“白露”之名的由来，又写出秋季天高气清的特点。紧接着，描写物候变化，秋风吹，树叶落，万物繁茂的季节就这样过去了，人生的岁月又何尝不是呢？不经意间，两鬓就有了白发。这让人不禁联想起“木犹如此，人何以堪”。诗人再次将目光投向外面的景物，只见鸟儿们都在忙着储存食物，准备过冬，于是又联想起自身的处境——客居在外，居所周围都是乱长的蓬蒿，让人倍感凄凉。即便不能回到家中，诗人也要写出对家的挂念。尾联“火急收田种，晨昏莫告劳”更像是对家人的嘱咐：“赶快收割庄稼，可别误了农时啊！”

· 整首诗将自然物候、农事活动、人生感悟浓缩在一篇之中，层次迭出，深刻地体现出节气与人事息息相通的关系。

闰中秋是日白露节

［元］张翥

河汉云消溢素光，重开樽酒据胡床。
嫦娥斟酌犹前夕，老子婆娑且醉乡。
风信两番生绿桂，年华一寸入黄杨。
怪来诗思清难忍，早雁声中露欲霜。

白露日桂花开次张一高韵

［元末明初］陶宗仪

池上曾轩日夜开，天垂银汉洗浮埃。
岩花初见丹英吐，节候新交白露来。
细细古香吹小榻，瀼瀼清气落深杯。
蟾宫此夕知何夕，老子神游不用猜。

白露日归途即目

［清］陈观颙

零露瀼瀼白，空囊草草归。
野花能自笑，秋叶未全稀。
云敛千山出，风高一雁飞。
且舒萧散意，觅酒叩村扉。

处暑一过，空气中的凉意越来越浓，白露时节气温明显下降，昼夜温差增大，以致露水大片地凝结起来。俗话说“白露身不露”，意在提醒人们注意保暖，在冷热交替的时候一定要照顾好自己。

白露节气的食俗丰富多样，让清凉的秋季增添了一丝温情。饮白露茶就是其中的一项。适宜采茶的节气不仅有清明、谷雨，白露也是采茶的好时候。“春茶苦，夏茶涩，要喝茶，秋白露”，不同于春茶的苦和夏茶的涩，别有一番香气的白露茶也深受人们的喜爱。

江苏、浙江、湖南等省的一些地区，会在白露时节酿制米酒。一到这时，家家户户弥漫着米香和酒香，真是让人流连忘返。酿好的米酒，可以自己饮用，亦是待客佳品，驱散了秋天里人们身上的凉意和心中的冷清之感。

白露时节，各地的应季瓜果也纷纷上市了。在南方地区，有“白露必吃龙眼”的说法。此时收获的龙眼，个大核小，味道十分鲜美。我国多地都有“白露打枣”的习俗，红彤彤的枣子挂满枝头，很是诱人。这个时节的美味还有石榴、葡萄、柚子、梨子、板栗……哪一样不叫人胃口大开呢?

浙江温州地区的人们还有白露“食白”的习俗。人们收集十种名字中带“白”的食材，如白及、白术、白莲子，等等，唤作“十样白”，跟白毛乌骨的鸡或鸭一起炖着吃。秋在传统的五色中对应白色。白露“食白”也许就是民间淳朴却特别有意趣的仪式感吧！

秋分

二十四节气之第十六

丹桂香馥郁
风清露冷时

—咏廿四气诗—

咏秋分八月中

琴弹南吕调，风色已高清。
云散飘飖影，雷收振怒声。
乾坤能静肃，寒暑喜均平。
忽见新来雁，人心敢不惊？

南吕　古代乐律调名，十二律之一。古人以十二律配十二月，南吕配在八月，故以之代八月。

风色　泛指天气。

高清　此处意为天朗气清。

飘飖[yáo]　飞扬的样子。

乾坤　指天地。

静肃　宁静肃穆。

· 诗的第一联整体用轻柔的语气和悠扬的语调，表现出秋风的舒爽和景色的明朗。诵读时，声音应平稳流畅，慢慢引领听者进入秋日的宁静与清新。

· 第二联描写了云的散去和雷声的消退。诵读时，可以稍微加快语速，用略轻松的语气表达“云散”，而在“振怒声”处则稍加重音，并在句末适当停顿，营造出雷声渐远的意境。

· 第三联表现了秋分时节自然万物恢复宁静的景象。诵读时，声音应显得更加庄重、沉稳，传递出宇宙间一种广阔而平和的感觉，同时节奏稍缓，让听者感受到深秋的平静与和谐。

· 尾联是诗的高潮部分，描述了雁群南飞的景象和人们因此产生的情感波动。诵读时，通过提升语调，表现出诗人看到雁群时的惊讶和感慨，最后以提问的形式结束，语速稍缓，语调略微上扬，引发听者的共鸣和思考。

秋风清，
鸦点寒枝，
落叶聚散之间，
七弦琴上飘起「秋风词」的旋律。

· 秋分来临，秋意正浓，诗人迎风抚琴，那悠远古老的南吕调，被阵阵凉爽的秋风带到远方，飘荡在高远而辽阔的天空中。抬头远眺，棉花似的浮云悠悠飘动，又隐隐消散，耳畔的雷声也收起了夏天震耳欲聋的咆哮，变得沉闷低回。天地万物归于宁静肃穆，既没有夏天的浮躁，也没有冬天的严酷，有的只是经过岁月洗涤沉淀下来的从容不迫。忽然，天边南飞的大雁打破了这份平静，一叶知秋，一雁惊秋，它们预示着寒气的迫近，也诉说着时间轮回，谁能不生出一份感叹?

· 诗人从琴声着手，运用听觉、视觉等多重感官，生动地描绘了秋分的时令特征。全诗将秋景与时光巧妙结合，层层推进，情景交融，既赞颂秋分之美，也感叹时光易逝，富含哲理，意境幽美。

晚晴

［唐］杜甫

返照斜初彻，浮云薄未归。
江虹明远饮，峡雨落馀飞。
凫雁终高去，熊罴觉自肥。
秋分客尚在，竹露夕微微。

点绛唇

［北宋］谢逸

金气秋分，风清露冷秋期半。
凉蟾光满，桂子飘香远。
素练宽衣，仙仗明飞观。
霓裳乱，银桥人散，吹彻昭华管。

秋分日同友人山行

［明］钱月龄

羁愁暂摆作山行，秋日平分气转清。
溪影照人风已息，稻香沾袖雨初晴。
古今在眼青山色，岁序惊心白雁声。
更喜同游俱物表，搴芝坐石看云生。

《春秋繁露》中记载："秋分者，阴阳相半也，故昼夜均而寒暑平。"秋分时节，太阳直射赤道，白昼与黑夜均分，寒凉与暖热并行，秋季也已经过半。这是一年里最宜人的季节，天高云淡，丹桂飘香，蟹肥菊黄，秋高气爽，农人们秋收、秋耕、秋种，田地间一派繁忙热闹景象。

自古以来，人们便十分重视秋分这个节气。古有"春祭日，秋祭月"之说。我国四大传统节日之一的中秋节就是由秋分的"祭月节"发展而来的。

秋分是一个收获的时节，农民们春播夏耘、勤恳劳作，终于能在这时享受丰收的喜悦。2018 年，我国决定将每年秋分日设立为"中国农民丰收节"，这是第一个在国家层面专门为农民设立的节日。亿万农民在这天庆祝丰收，祈愿五谷丰登、国泰民安，各地纷纷举办各具特色的文化活动。秋分这个硕果累累、众生喜悦的节气在新时代有了更加丰富的文化内涵。

秋分时节，一些地区的人们为了表达对丰收的美好愿景，有"送秋牛图"的有趣习俗。"秋牛图"上印着全年农历节气和农夫耕田图样，由能说会唱的人送到各个农家，送图时还要说些秋耕事项以及一些应景的吉祥话儿，主人这时也乐得给些赏钱。这种习俗也被称为"说秋"。

不知道大家是否听过这样的童谣："麻雀叽叽喳，米糕香又黏，封住雀儿嘴，庄稼收成好。"秋分前后，农民忙着收获庄稼，为防止鸟雀偷食大家的劳动成果，一些地方有"粘雀子嘴"的习俗。在秋分这天，人们习惯做些米糕或汤圆来吃，这时要特意做几个没有馅儿的插在田间地头，让鸟雀在啄食时将嘴粘住，这样便不会再偷吃庄稼。

在岭南地区，秋分还有“吃秋菜”的习俗。“秋菜”其实是一种野苋菜。当地人有时也会将采回的秋菜与鱼片一起滚汤，做成“秋汤”。人们认为，喝秋汤可以清洗肠胃，有益于身体健康。

寒露

二十四节气 之 第十七

清风泛寒露
夜久气转凉

—咏廿四气诗—

咏寒露九月节

寒露惊秋晚，朝看菊渐黄。
千家风扫叶，万里雁随阳。
化蛤悲群鸟，收田畏早霜。
因知松柏志，冬夏色苍苍。

随阳　根据太阳的位置、轨迹和光照变化判断飞行方向、迁徙时机，指的是候鸟依季节而定行止。

化蛤[gé]　化生为蛤蜊。古人认为到了秋季，飞鸟会深入大海，变成蛤蜊。

收田　收割农田里的作物。

苍苍　深青色。

· 这首诗描绘了寒露时节自然景象和生命状态的变化，将诗人对自然的细致观察与对松柏之志的赞扬融于一体。

· 诵读首联时应把握好感叹中略带惊讶的情绪，体会诗人突然感受到空气中的凉意而惊觉已是深秋时节的情感变化。“朝看菊渐黄”一句应凸显细腻柔和的氛围，同时也需要略微体现出哀伤的情绪。

· 诵读颔联时，声音需要有广阔感，体现出风扫落叶的壮观场面和成群雁鸟南飞的气势。特别是在“万里雁随阳”部分，可以适当加重语气，表现出雁鸟翱翔于长空的力量感与动态美。

· 颈联，要用更加柔和含蓄的语气诵读，表达出对季节更替的哀愁之思，“畏早霜”表现了农事的紧迫和对严寒的担忧，情绪中也需要带有一份对大自然的敬畏。

· 到尾联，应采用更加沉稳的语气，体现诗人对生命和自然的深刻思考。“松柏志”象征着坚韧不拔、恒久不变的精神与志节，诵读时应表现出对这份坚持和执着的赞赏和敬仰。

一叶落而知天下秋，
阶前秋声从此始，
秋思永，
露华浓。

· 诗人晨起，见菊花渐黄，惊觉已是晚秋寒露时节。首联巧用联中倒句，因果倒置，有直入主题、先声夺人之妙；又句中倒字，“惊”字置于“寒露”“秋晚”之间，相错成文，化俗为雅，语势奇巧。千家万户前，风扫着落叶；万里晴空上，大雁随着太阳南飞。颔联对仗工整，描绘了一幅远阔壮丽、万物萧瑟的秋之画卷。残叶落，雁南飞，一“扫”一“随”，足见寒露秋风里的萧索之气。

· 传说中入水为蛤的雀鸟，令人悲叹；农民们开始忙于收割庄稼，以免被早霜冻害。悲群鸟、畏早霜，一“悲”一“畏”，更显寒露时节的寒凉之感。因此诗人更加理解了松柏的志气，无论是寒冬还是酷暑，都是郁郁苍苍。尾联笔锋一转，抒写了松柏之坚韧长青，探讨了“短暂”与“永恒”，有托物言志之意。

· 这首诗以寒露三候入诗，语言质朴而富有意境，描绘了寒露九月的景象，表达了对秋天的感受和对自然变化的感悟。始于菊黄，终于松青，读之毫无悲秋之意，却有悲壮雄浑之感。

池上

［唐］白居易

袅袅凉风动，凄凄寒露零。
兰衰花始白，荷破叶犹青。
独立栖沙鹤，双飞照水萤。
若为寥落境，仍值酒初醒？

月夜梧桐叶上见寒露

［唐］戴察

萧疏桐叶上，月白露初团。
滴沥清光满，荧煌素彩寒。
风摇愁玉坠，枝动惜珠干。
气冷疑秋晚，声微觉夜阑。
凝空流欲遍，润物净宜看。
莫厌窥临倦，将晞聚更难。

怨王孙

［南宋］李清照

湖上风来波浩渺，秋已暮、红稀香少。
水光山色与人亲，说不尽、无穷好。
莲子已成荷叶老，清露洗、蘋花汀草。
眠沙鸥鹭不回头，似也恨、人归早。

寒露是二十四节气中最早出现“寒”字的节气，据《月令七十二候集解》:“寒露，九月节。露气寒冷，将凝结也。”此时南方秋意渐浓，气爽风清；北方深秋已至，露重夜凉。

寒露时节，秋收、秋种进入高潮，田间地头一片忙碌。华北地区抓紧播种冬小麦，南方稻田则需注意防御寒露风的危害。中国大部分地区的玉米、大豆、甘薯、花生、棉花等作物逐步进入收获阶段，晚熟的“寒露蜜桃”和清香的“寒露铁观音”正当时节。

此时，人们也格外注意养生。除了吃梨、蜂蜜等来滋阴润肺外，民间还有“寒露吃芝麻”的习俗。《本草经疏》记载芝麻“气味和平，不寒不热，益脾胃、补肝肾之佳谷也”。寒露前后，与芝麻有关的食品都成了热门货品，如芝麻酥、芝麻绿豆糕、芝麻烧饼等。为除秋燥，有些地方还有饮菊花酒的习俗。此外，民间有“寒露脚不露”的说法，意思是寒露时节，天气进一步变冷，要注意脚部保暖。

垂钓也是寒露时节的特色民俗之一。俗话说“夏钓潭”“秋钓边”。寒露过后阳光已不似夏季那样强烈，许多深水区很难被晒透，水温明显降低，鱼儿游向水温较高的浅水区，正是临水垂钓的大好时机。

因为与重阳节接近，登高、赏菊、观叶也成为寒露时节的重要民俗。

霜降

二十四节气之第十八

霜降

天上繁霜降
人间秋色深

—咏廿四气诗—

咏霜降九月中

风卷清云尽，空天万里霜。
野豺先祭兽，仙菊遇重阳。
秋色悲疏木，鸿鸣忆故乡。
谁知一樽酒，能使百秋亡。

野豺［chái］先祭兽　豺捕杀猎物后陈列在四周，如同陈物而祭。《逸周书·时训解》：“霜降之日，豺乃祭兽。”

疏　《敦煌诗集残卷辑考》录为“踈”，今据《敦煌文献语言大词典》《全唐诗补编》录为“疏”。

鸿鸣　大雁的鸣叫。鸿，大雁。

百秋　百年，比喻时间长。

· 诵读诗的首联，语气应该是清扬开阔的，语速稍缓，体现秋风扫过后，天空净澈高远、大地铺满寒霜的辽阔感。

· 颔联的前半句“野豺先祭兽”，要以悠远而略庄重的语气诵读，仿佛在诉说古老的节日祭祀故事，“仙菊遇重阳”的语气要更加柔和，增添更加浓郁的传统文化氛围。

· 诵读颈联可以突出伤感、忧愁的情绪走向，表达出秋天带给人的忧郁和辽远的鸿雁声中包含的对故乡的思念。这句中的情感起伏需要把握得当，让听众能体会到秋日的凄凉美与深秋时节的思乡之情。

· 尾联要以比较沉淀的声音诵读，语速放慢，语调低沉，表现诗人通过饮酒来消解秋日带来的愁绪和寂寥，引发听者的思考。

雁点霜天，
声断衡阳。
篱下秋菊隐曜，
傲赠江山万点金。

· 这首诗以壮阔的场景开篇，深秋时节，风高云尽，澄空万里，清冷含霜，展现了天地的旷远与寥廓。

·“野豺先祭兽”写的是霜降三候中的第一候，体现了对自然界的敬畏。“仙菊遇重阳”，秋天是菊花盛开的季节，此时也是传统的重阳节，寓意长寿和吉祥。通过这一联，诗人展现了秋天特有的自然景象和文化意蕴。

·“秋色悲疏木，鸿鸣忆故乡”则转向了更加感伤的情绪表达。这里的“悲”字点出了秋季的萧索与凄冷，“疏木”指叶落后树木稀疏的景象，深化了秋天的悲凉意境；而候鸟南飞的画面，更引发了诗人对故乡深深的思念，体现了诗人深切的乡愁。

·“谁知一樽酒，能使百秋亡”，在深情的回忆和萧瑟的景象之后，诗人以一种超脱的哲理性反问结束全诗。这里的“一樽酒”象征着人生的欢乐与遗忘，通过饮酒来消解对岁月、对故乡的无尽思念和秋日所带给人的凄凉之感。

秋词二首 ［唐］刘禹锡

（其一）

自古逢秋悲寂寥，我言秋日胜春朝。
晴空一鹤排云上，便引诗情到碧霄。

（其二）

山明水净夜来霜，数树深红出浅黄。
试上高楼清入骨，岂如春色嗾人狂！

季秋已寒节令颇正喜而有赋 ［南宋］陆游

霜降今年已薄霜，菊花开亦及重阳。
四时气正无愆伏，比屋年丰有盖藏。
风色萧萧生麦陇，车声碌碌满鱼塘。
老夫亦与人同乐，醉倒何妨卧道傍。

舟中杂纪（其十） ［元］王冕

老树转斜晖，人家水竹围。
露深花气冷，霜降蟹膏肥。
沽酒心何壮，看山思欲飞。
操舟有吴女，双桨唱歌归。

霜降是秋季的最后一个节气，在每年的10月24日或23日。《月令七十二候集解》有言：“霜降，九月中。气肃而凝，露结为霜矣。”意思是说到了阴历九月中，天气渐冷，初霜出现。霜降三候分别为“豺乃祭兽”“草木黄落”和“蛰虫咸俯”，意思是说到了霜降，豺狼开始为过冬储备食物，草木都枯黄凋落了，准备冬眠的动物也都藏在洞穴中不出来了。

我国幅员辽阔，上述记载主要反映的是黄河流域中下游地区霜降的物候变化，长江中下游地区和岭南地区则分别要到11月中下旬和12月下旬才现初霜。我国北方和南方在农业生产方面也呈现出不同的特点。比如，霜降时北方大部分地区秋收已基本结束，冬小麦播种也进入收尾阶段，农村地区开始从农忙向农闲过渡；而南方不少地区则正值收割晚稻、播种油菜、采收茶籽的农忙之时。

霜降是柿子的最佳成熟期，不少地方都有霜降吃柿子的习俗。秋冬季节气候干燥，吃柿子可以起到一定的补充水分的作用。霜降又是秋菊盛开之时，因此初霜又有菊花霜之称。自古至今，人们在霜降前后都有登高赏菊之俗。霜降还是观赏红叶的最佳时节，“停车坐爱枫林晚，霜叶红于二月花”，杜牧笔下脍炙人口的诗句正是对染霜红叶的最好写照。

霜降宣告着秋天将要过去，冬天即将来临。这一时节，养生保健尤为重要，民间有“补冬不如补霜降”的说法。霜降养生首先要重视保暖，其次要注意防秋燥。饮食方面，可多吃健脾养阴润燥的食物，比如莲藕、萝卜、银耳、秋梨、百合、山药、白菜等。

立冬

二十四节气之第十九

天水清相入
秋冬气始交

—咏廿四气诗—

咏立冬十月节

霜降向人寒，轻冰渌水漫。
蟾将纤影出，雁带几行残。
田种收藏了，衣裘制造看。
野鸡投水日，化蜃不将难。

轻冰　薄冰。

蟾[chán]　传说月中有蟾蜍，因而借指月亮。

纤影　瘦影。

收藏　收聚蓄藏。

衣裘　夏天穿的衣服和冬天穿的皮毛衣物，泛指衣服。

化蜃[shèn]　化生为大蛤。《礼记·月令》：“（孟冬之月）雉入大水为蜃。”

· 诵读诗的首联，要尽量以平缓而柔和的语气，表现诗人在初冬时节所见的薄霜遍地、轻冰凝结的景象及其清冷而潮润的氛围。

· 诵读颔联时，想象夜空中弯月如钩、迁徙的雁群留下寥寥残影的景象，声音中要带着一丝神秘和悠远的感觉，语速适中，体现出冬夜的静谧与寒凉。

· 颈联需要以平和的语气读出，反映出农事的收尾和人们为冬天准备衣物的务实生活状态。到尾联，情绪和语气可以更加轻松一些，表现诗人从物候变化中体会到的趣味。

· 整首诗的诵读，需要捕捉每一联中的情感变化，通过调整语调、语速和情感深度，使听者能够感受到立冬时节自然景象及人们生活状态的变化，传递出诗人对生活的感悟和对自然规律的敬畏。

秋灯耿耿，
灯如红豆，
秋夜长，
夜未央。

· 诗人从冬季特有的景物着笔示以冬临。晶莹剔透的霜花悄无声息地落在地面上，增添了几分寒意。这股寒意洒向大地、河流，于是地面开始上冻，水面上也结了一层薄薄的冰。仰望寂寞的夜空，月影纤瘦；赶着“末班车”的大雁向南飞去，在远方留下几行残影。“轻冰”“纤影”“南飞的大雁”这些意象叠加在一起，烘托出初冬之际的冷峭与凄清。

· 立冬时节，人们的生活是怎么样的呢？农人在大地彻底冰封前把田地里的庄稼都收藏归仓，为家人做好了御寒的衣物。立冬之后，野鸡都不见了，可能是躲起来御寒了。此时，海边却出现了许多外壳与野鸡羽毛上的花纹相似的蛤蜊，在古代，人们还以为这些蛤蜊是野鸡变的呢！

· 冬季开始，万物收藏，一切都在为休养生息作着准备。

立冬后作

［北宋］唐庚

啖蔗入佳境，冬来幽兴长。
瘴乡得好语，昨夜有飞霜。
篱下重阳在，醅中小至香。
西邻蕉向熟，时致一梳黄。

今年立冬后菊方盛开小饮

［南宋］陆游

胡床移就菊花畦，饮具酸寒手自携。
野实似丹仍似漆，村醪如蜜复如齑。
传芳那解烹羊脚，破戒犹惭擘蟹脐。
一醉又驱黄犊出，冬晴正要饱耕犁。

立冬即事二首（其一）

［元］仇远

细雨生寒未有霜，庭前木叶半青黄。
小春此去无多日，何处梅花一绽香。

立冬

［元］陆文圭

旱久何当雨，秋深渐入冬。
黄花犹带露，红叶已随风。
边思吹寒角，村歌相晚春。
篱门日高卧，衰懒愧无功。

立冬是“四立”节气的最后一个，也是民间“四时八节”之一。古时，人们会把这一天当作重要的节日来庆贺，举行祭祀、饮宴等活动。“春耕夏耘，秋收冬藏”，立冬之日的到来，更开启了人们一年中享受丰收、休养生息的美好时光。

说到立冬的习俗，最重要的要数“补冬”了。冬季气候寒冷，人体抵抗力减弱，补充营养、储蓄能量就成了一件大事。俗话说“立冬补冬，不补嘴空”，说的就是这个道理。

因饮食习惯不同，各地补冬的方式也有差异。在南方一些地区，人们习惯杀鸡宰鸭，或者吃猪蹄、咸肉菜饭。在南京，则有立冬吃生葱的说法。大葱性温味辛，能健脾开胃、散热发汗，适当食用可以抵抗冬季湿寒。正所谓：“一日半根葱，入冬腿带风。”在福建部分地区，当地人会用中草药做汤底煨制肉类，热汤热菜下肚，使冬季充满暖意。在潮汕地区，人们会在这天吃甘蔗、炒香饭，当地人素有“立冬食蔗齿不痛”之说。羊肉一直以来都被公认为滋补佳品，补冬自然也离不开这一食材。很多地区的人都喜欢在立冬这天吃上一顿羊肉、喝上一碗羊肉汤，驱寒暖身又滋补。

在北方地区，立冬则要吃饺子。“立冬不端饺子碗，冻掉耳朵没人管”。冬季严寒，人们在身上裹着厚厚的棉衣，但两耳暴露在外，很容易冻伤。过去，人们认为两头尖翘，中间圆鼓鼓的饺子看起来像人的耳朵，在立冬这天吃了饺子，耳朵就不会受冻了。一家人围桌而坐，吃上一口热腾腾的饺子，暖意从唇齿流淌到心间。

除了食补，酿黄酒、制作熏肉和腌菜也是立冬之日的重要习俗。在浙江绍兴，人们把从立冬开始到第二年立春这段最适合做黄酒的时间称为“冬酿”，冬季水体清冽、气温低，这段时间发酵出来的酒别具一番风味。部分南方地区的人们习惯在此时制作一些熏鱼、熏肉，将一串串肥美的肉挂起，经过一两个月的烟火熏烘，醇香的熏肉就制作出来了。南北方民间都有在冬季制作腌菜的习俗，腌制的食材多种多样，方法也各有不同。

如今，人们不光讲究饮食，也琢磨出更多庆祝立冬的方式。例如，冬泳爱好者们会用冬泳这一运动来迎接冬天的到来。冬泳可以让机体新陈代谢加快，促进血液循环，增强呼吸系统功能，有助于人们保持身心健康，为新一年的到来积蓄力量。

小雪

二十四节气之第二十

小雪

霜重渐倾欹
才过小雪时

—咏廿四气诗—

咏小雪十月中

莫怪虹无影，如今小雪时。
阴阳依上下，寒暑喜分离。
满月光天汉，长风响树枝。
横琴对渌醑，犹自敛愁眉。

虹无影　古人认为阴阳相交为虹，孟冬时节，阴盛阳伏，故虹藏而不见。

上下　高处和低处，上面和下面。

天汉　银河。

长风　大风。

横琴　谓抚琴，弹琴。

渌醑[xǔ]　美酒，渌，同「醁」。

犹自　尚，尚自。

· 诵读首联，应以舒缓而亲和的语气，向听者述说小雪时节的到来；“虹无影”三字的语调可以微微上扬，在“如今小雪时”部分要过渡到相对平静的情绪状态，表现时间的流逝和季节的更迭。

· 颔联需要以平稳的语调诵读，强调阴阳平衡、季节交替的自然规律，传达出对大自然的敬畏之情。

· 诵读颈联时，要在声音中加入一份悠远之感，想象满月时的夜空和风吹树枝的声音，特别是在“长风响树枝”部分，语气可以稍微加重，突出诗人对风声的听觉感知。

· 诵读尾联时，需要把握深沉而忧郁的情绪，反映出诗人在小雪时节抚琴饮酒，却仍心存忧愁的情感状态。“横琴对渌醑”描绘了一幅静逸的画面，而“犹自敛愁眉”则更需要用细腻的情感体现出诗人的感伤与深思。

小雪寂寥、
薄寒天气、
闲中度过最佳。
能饮一杯无？

· 小雪节气有三侯：一候虹藏不见，二候天气升地气降，三候闭塞成冬。首联写的便是小雪节气的第一候。进入冬季，天气转冷，空气中水汽减少，彩虹自然很少出现，所谓“无影”。

· 颔联进一步阐述了小雪节气中阴阳变化的哲学意味。在中国传统文化中，阴阳变化是宇宙间一切事物相互作用的基本原理。具有运动、上升、发散、温热等特性的事物为阳，而具有静止、下沉、内敛、寒凉等特性的事物为阴。这里通过“阴阳依上下”来描述天与地、寒与暖之间的自然规律，象征着万物按照自然法则运行。颈联对小雪节气的环境进行了描写。时近月圆，天河高远，月色清寒，凉风吹过，树枝被晃动发出声响。尾联抒情。在这万物失去生机的小雪节气，即便有瑶琴和美酒相伴，都无法冲淡心中的愁绪。

· 本诗既写出小雪时节的凄清景色，也表达了作者的孤寂情感。诗人以其独特的视角和精湛的诗艺，将自然之美、哲理思考与人文情感巧妙地融为一体，展现了中国古典诗歌的深邃和魅力。

小雪

[唐] 戴叔伦

花雪随风不厌看，更多还肯失林峦。
愁人正在书窗下，一片飞来一片寒。

虹藏不见

[唐] 徐敞

迎冬小雪至，应节晚虹藏。
玉气徒成象，星精不散光。
美人初比色，飞鸟罢呈祥。
石涧收晴影，天津失彩梁。
霏霏空暮雨，杳杳映残阳。
舒卷应时令，因知圣历长。

醉眠，夜闻霜风甚紧，起坐达旦（其二）

[南宋] 杨万里

雪花旋落旋成融，横作清霜阵阵风。
一夜急吹君会否？妒他残叶恋丹枫。

小雪是二十四节气中的第二十个，每年的11月23日或22日，太阳到达黄经240°时，小雪节气开始。据《月令七十二候集解》："雨下而为寒气所薄，故凝而为雪，小者未盛之辞。"进入小雪节气，气温持续走低，北方大部分地区气温逐步降到0℃以下，此时黄淮地区初雪随时降临，长江中下游地区也已呈萧瑟景象。

民间俗语说"小雪封地，大雪封河"。在华北地区，到了小雪节气，农事都已基本结束，人们便主要在室内活动。农谚说，"小雪大雪不见雪，小麦大麦粒要瘪""小雪雪满天，来年必丰年""小雪收葱，不收就空；萝卜白菜，收藏窖中"。

"冬腊风腌，蓄以御冬"。小雪后寒冬降临，天气干燥，是加工腊肉的好时节。一些农家开始制作香肠、腊肉，待到春节家人团聚时享用美食。

小雪节气，我国各地居民都有腌制咸菜的风俗。我国南方有"小雪腌菜，大雪腌肉"之说。腌菜是一种古老的蔬菜加工贮藏方法，旧时浙江绍兴人家的堂檐下、柴房里都有一口腌菜的大缸。因地域不同，腌菜的口味也各不相同。民谚有云："好看不过素打扮，好吃不过咸菜饭。"旧时腌菜作为主菜，是人们过冬饮食的第一选择，而现在冬季蔬菜供应丰富，腌菜的家庭少了很多。不过腌菜作为一种开胃食品，还是会经常出现在我们的餐桌上。

在我国南方某些地区，小雪时节吃糍粑是延续至今的传统习俗。糍粑由糯米蒸制而成，性质温和，可以为身体提供额外的热量，有助于御寒保暖，增强体质。

小雪前后吃"刨汤"是土家

族的风俗习惯。他们用上等的新鲜猪肉与配菜烹饪而成的美食称为“刨汤”，请亲戚朋友、街坊四邻共同品尝。这既是一种传承，也是情感交流的纽带。

小雪节气，民间有酿小雪酒的习俗。古时候人们大多在小雪时节酿酒，因为这时秋收刚结束，粮食相对富裕，可用新粮食酿酒；加之小雪之时，水极清澈，能与雪水媲美。小雪酒储存到第二年，色清味冽、香气醇厚，所谓“十月获稻，为此春酒，以介眉寿”。

大雪

二十四节气之第二十一

乱云低薄暮
急雪舞回风

咏廿四气诗

咏大雪十一月节

积阴成大雪，看处乱菲菲。
玉管鸣寒夜，披书晓绛帏。
黄钟随气改，鹖鸟不鸣时。
何限苍生类，依依惜暮晖。

菲菲　错杂貌。

披书　读书。

晓　《敦煌诗集残卷辑考》录为「遶（绕）」，今据敦煌文献伯二六二四卷及《全唐诗补编》录为「晓」。

绛帏 [wéi]　红色的帐子。

黄钟　指农历十一月。古人用古乐十二律对应一年的十二个月份，黄钟对应农历十一月。

鹖 [hé]　即「鹖旦」，又名寒号鸟。《礼记·月令》：「大雪之日，鹖旦不鸣。」鹖旦为蝙蝠类，古人误认为鸟。

依依　依恋不舍的样子。

· 在诵读这首诗的过程中，应注意整体的流畅性和情感的层次变化，让听众既能联想到大雪节气的自然景象，又能感受到作者在这寒冷环境中的思考和感慨。

· 诗的第一联描写了大雪纷飞的壮观景象，诵读的语气中应略带感叹的色彩，节奏要平稳，稍微放慢语速，让听众能够在脑海中勾勒出雪花飘扬、覆盖大地的景象。

· 第二联表现了文人雅士在寒夜中吹奏乐器、翻阅诗书的场景，诵读时应有安逸之感，语气保持柔和，以体现夜晚的静谧气息。

· 诵读第三联，应重点表现寒冬时节大自然中生灵的沉寂，诵读时语气应更为深沉，节奏放缓，给听众留出联想与感受的时间。

· 最后一联传达了诗人对时间流逝的感慨，诵读时，节奏应进一步放慢，尤其在“依依惜暮晖”部分，适当拖长，使听众能够感受到诗人的情感深度。

倾耳无希声，
弥望已洁白。
雪夜闭门读书，
香烬炉无烟，
人无眠。

· 诗的开篇即写积蓄的阴气化作大雪，诗人用“乱菲菲”形容大雪的纷纷扬扬，让人仿佛置身于漫天飞雪的场景中，感受到冬日雪景的壮观和丝丝沁骨的寒意。大雪寒夜，不宜外出，诗人吹奏乐器以消遣时光，乐曲声却又增添了夜晚的冷寂气息；诗人在晨光下翻阅书籍，当清晨的阳光映照在红色帷帐上，书卷上的文字都在雪光中显得格外明晰。

· 寒夜漫漫、大雪纷飞时，本来经常在夜间鸣叫的寒号鸟都承受不了大雪时节的严寒而沉默无声，更为深冬时节增添了一份静谧与肃穆的美。雪后余晖，是大自然在寒冷时节难得的柔和与宁静，而冬季也如同一天中的暮色，沉静安宁，总能让人想起过去的时光，又让人对眼前的美景心生爱怜。

大雪

［南宋］陆游

大雪江南见未曾，今年方始是严凝。

巧穿帘罅如相觅，重压林梢欲不胜。

毡幄掷卢忘夜睡，金羁立马怯晨兴。

此生自笑功名晚，空想黄河彻底冰。

雪望

［清］洪昇

寒色孤村暮，悲风四野闻。

溪深难受雪，山冻不流云。

鸥鹭飞难辨，汀沙望莫分。

野桥梅几树，并是白纷纷。

十一月朔大雪节早见雪

［元末明初］陶宗仪

狂风昨夜吼棱棱，寒压重衾若覆冰。

节气今朝逢大雪，清晨瓦上雪微凝。

在华北地区，与小雪前后相比，过了大雪节气，降雪次数就会逐渐增多，降雪量和范围也更大、更广。诗仙李白一千二百多年前游幽州（今北京市、河北北部及辽宁一带）时恰逢大雪纷飞，于是即兴赋诗，写下《北风行》，其中“燕山雪花大如席，片片吹落轩辕台”一句，写尽了幽燕之地的大雪风光。

大雪节气一到，家家户户都要忙着腌制“咸货”。无论是家禽还是海鲜，都用传统的制作方法，将新鲜的原料加工成香气逼人的美食，以迎接即将到来的新年。大雪腌肉的习俗跟传说中的怪兽“年”有关。相传“年”这种头长尖角的怪兽凶猛异常，虽长年深居海底，但每到除夕，就会爬上岸来伤人。于是每到大雪时节，人们就足不出户。因此，在“年”出现前人们必须储备很多食物。猪、鱼、鸡、鸭等肉食无法久存，人们便想出了腌制存放的方法。人们还会把新鲜的蔬菜风干存放。这样一来，不仅延长了食物的保质期，这些腌制食品还成了风味独特的美食。

明代李时珍的《本草纲目》记载：“（腊雪）气味甘冷无毒，主治解一切毒。”古代民间有用雪水治疗烫伤、冻伤的偏方，文人墨客也以雪水烹茶为雅事。《红楼梦》中贾宝玉曾有诗云“将扫新雪及时烹”，而妙玉则收取梅花雪水贮藏起来，五年间才用来吃过两回茶。除此之外，传说用洁净的雪水洗澡还可以增强免疫力、保养皮肤、促进血液循环。可见，雪不仅是人们心中圣洁高贵的象征，那在大雪时节缓缓飘落肩头的雪花，也是来自万尺高空的珍贵礼物呢！

冬至

二十四节气之第二十二

一阳初动处
万物未生时

【咏廿四气诗】

咏冬至十一月中

二气俱生处，周家正立年。
岁星瞻北极，舜日照南天。
拜庆朝金殿，欢娱列绮筵。
万邦歌有道，谁敢动征边？

二气俱生 二气指阴、阳。冬至时，「阴极之至，阳气始至」。

周家正立年 周朝以冬至所在的月份（农历十一月）为每年的正月。

岁星 木星。木星在黄道带每年经过一宫，约十二年运行十二宫一周天，古人将一周天分为十二星次，以木星所在的星次来纪年，故称。

北极 北极星。

绮[qǐ]筵 华丽丰盛的筵席。

· 在这首诗的诵读中，应注意利用声音的抑扬顿挫来表达诗中的历史底蕴、节日气氛、自然景象以及和平主题，同时通过控制语速与适当停顿，营造出丰富而多层次的情感与意境。

· 首联中的“二气”指阴阳之气，是中国传统文化中的重要概念，诵读时应带有一种庄严感，节奏宜沉稳有力，暗示这一时间节点在传统历法上的重要意义。

· 颔联通过对天文现象的描写体现了冬至日的特殊意义，诵读时应选择略带赞叹的语气，适当加快节奏，同时在句间作适当停顿，使听众能够通过诗句联想和体会宇宙运行对自然变化的深远影响。

· 颈联描述的是冬至日的庆祝场景，诵读时要体会节日的喜悦氛围，节奏应稍微轻快一些，但仍保持一定的庄重感。

· 尾联表达了一种对和平的珍视与期盼，诵读时节奏宜缓慢并收紧，以凸显这一句话的深沉与力量感，并使诵读的结尾留下余韵。

温一樽酒，
围一炉火，
扶阳消寒，
珍重待春风。

· 诗的首联点明了冬至在一年当中的重要意义。为何从古至今人们如此重视冬至，说它“大如年”？因为从这天开始，太阳逐渐北移，温暖的气息又将会回到中原大地上，给人以希望。在周朝，人们会把冬至作为一年的起点，“周家正立年”就来源于此。

· 颔联交代冬至日的自然现象——星回斗转，日照南天。不同于《咏廿四气诗》中咏其他节气者，诗人对冬至的描写充满了浓郁的皇家气象。古代以北极星喻指帝王，“居其所而众星共之”，因此“岁星瞻北极”也寓意着帝王受到万民瞻仰；同样，“舜日照南天”也因“舜日尧天”的典故而多了一份吉庆色彩。

· 在冬至之日，古代宫廷也要举办隆重的庆祝活动，百官朝贺，共聚盛宴。天下有道，边疆安宁，也就无人敢来进犯。诗的颈联和尾联描绘了一幅载歌载舞、欢乐祥和的图景。由冬至节气联系到天下太平的盛世景象，恰恰表现了中国古代天人合一的思想观念，为我们了解传统文化提供了些许参照。

小至

［唐］杜甫

天时人事日相催，冬至阳生春又来。

刺绣五纹添弱线，吹葭六琯动飞灰。

岸容待腊将舒柳，山意冲寒欲放梅。

云物不殊乡国异，教儿且覆掌中杯。

邯郸冬至夜思家

［唐］白居易

邯郸驿里逢冬至，抱膝灯前影伴身。

想得家中夜深坐，还应说着远行人。

至节即事（其二）

［元］马臻

天街晓色瑞烟浓，

名纸相传尽贺冬。

绣幕家家浑不卷，

呼卢笑语自从容。

冬至是个寒冷但又充满希望的节气。尽管处于隆冬时节，昼短夜长达到极致，但冬至过后，太阳从南回归线日渐北移，白昼变长，天气渐暖，春天又会慢慢回到身边，因此说“冬至阳生春又来”。

正因为冬至有着一阳始生、万物复苏的意味，上古的人们会将它作为一年的开始；随着各个朝代历法的更迭，冬至不再作为岁首，但人们仍会像过年一样重视冬至。就像《咏冬至十一月中》描写的那样，古代皇家会在冬至举行各种庆贺仪式，并且通过祭天、祭祖、颁布历法等活动，体现冬至的象征意义。对平民百姓来说，冬至也是个重要的日子。《东京梦华录》记载，宋代时，京城里哪怕是最贫困的人，都要用一年攒下的积蓄，在冬至这天穿戴一新，备办饮食，祭祀先祖。说“冬至大如年”，真是再恰当不过了。

现代人未必有机会参与冬至的庆祝活动，但“北饺子南汤圆”每年都提醒我们冬至的到来。其实在早些时候，冬至的节令食品是馄饨，据说跟传统阴阳学说里的“冬至阳生”有关：馄饨皮儿包着馅儿的样子，很像人们想象中天地未分时阴阳包裹的“混沌”之形；咬破馄饨，象征着打破阴阳包裹的状态，帮助阳气生长。现在人们在冬至吃饺子或汤圆，跟吃馄饨有些相似，或许是来源于此吧！

从冬至阳生，到真正的春暖花开，仍要经过漫长的等待。所以，人们用“数九”的办法度过这段难熬的日子。“数九歌”相信大家耳熟能详：一九二九不出手，三九四九冰上走，五九六九，沿河看柳，七九河开，八九雁来，九九加一九，耕牛遍地走。数九的开始，正是冬至，九九八十一天过去，便又是人间好时节了。

“数九”的另一个更文雅的玩法，就是“画九”，也叫“九九消寒图”。传统上，它主要有三种样式。一是染梅式。在画着白梅的画儿上，从冬至起每天染红一个花瓣，八十一天后便成了一株通红的梅花。二是涂圆式。在纸上画九九八十一个铜钱大小的圆圈，每天填涂一个，填涂的位置要视当日天气状况而定，颇有气象统计图的意思。三是填字式。选取能组成一句话的九个字，每字九画，制成一幅字帖，每天写一笔，直至八十一天写满。所选取的九个字，常见的有“春前庭柏風（取“风”的繁体字形）送香盈室”“亭前垂（“垂”旧字形里面的“卄”断为两个“十”）柳珍重待春風（风）”等，都具有十分美好的寓意。直至今天，“画九”的游戏还在大小朋友中间流传着，并且被创造出了许多别具一格的图案。传统文化正在焕发新意，不如我们也画起来吧！

小寒

二十四节气之第二十三

梅发小寒时
庭户凝雪霜

—咏廿四气诗—

咏小寒十二月节

小寒连大吕，欢鹊垒新巢。
拾食寻河曲，衔柴绕树梢。
霜鹰延北首，雊雉隐藂茅。
莫怪严凝切，春冬正欲交。

大吕 指农历十二月。古人用古乐十二律对应一年的十二个月份，大吕对应农历十二月。《礼记·月令》：「（季冬之月）律中大吕……鹊始巢。」

河曲 河流曲折迂回的地方。

北首 北向。

雊[gòu]雉[zhì] 鸣叫的野鸡。

藂[cóng] 聚集丛生。

严凝 严寒。

· 整体而言，诵读这首诗时应注重情感的传递和声音的变化，让听众能够通过声音的表达联想到小寒节气的自然景象。

· 诵读首联时，应表现出欢鹊筑巢的活泼场景，语气中带有一丝温馨和希望，节奏要适当起伏，暗示着对冬去春来的期望。

· 颔联描写了鸟儿为寻找食物而忙碌的情景，要以较轻快的语气读出，并适当加快语速，通过诵读语言表现自然环境中生命力的顽强。

· 颈联描绘了更为冷峻的自然界面貌，诵读时需把握沉静的氛围，以稍慢的语速与平和的语气来呈现这一幕。

· 尾联中既包含了诗人对寒冬时节的切身体会，也蕴含着对春天即将来临的期盼。诵读时，语速要适当放缓，重音放在“严凝切”和“春冬正欲交”两处，传递出诗人对岁月变迁的感慨。

呵砚攻书，
不畏寒湍。
墨香冲寒，
书中滋味长。

赏析

· 小寒有三候：一候雁北乡，二候鹊始巢，三候雉始雊。分别是说，在南方过冬的大雁准备调转方向，飞回北方；本就留在北方的喜鹊终于耐不住寒冷，开始衔枝筑巢、储备食物，为孕育后代提供温暖的小窝；田间野地里的雉鸡到了发情的季节，它们一边穿行在落叶枯枝间，一边鸣叫着求偶。

· 本诗前三联中，诗人仿佛是一位对大自然充满好奇的少年，生动且饱含热情地描绘了小寒时节的三种物候变化。尾联中，诗人又似一位饱经风霜的老者，告诫人们此时的寒冷是大自然的颠扑不破的法则，而只要走过这段冰霜覆盖的日子，抬眼向前，春天就会在不远处向我们挥手了！

野步至近村

［南宋］陆游

随意出柴荆，清寒作晚晴。
风吹雁北乡，云带月东行。
童稚争追逐，渔樵习送迎。
白头宁复仕，惟此饯馀生。

寒夜

［宋］杜耒

寒夜客来茶当酒，竹炉汤沸火初红。
寻常一样窗前月，才有梅花便不同。

山中雪后

［清］郑燮

晨起开门雪满山，雪晴云淡日光寒。
檐流未滴梅花冻，一种清孤不等闲。

民间有谚云："小寒胜大寒，常见不稀罕。"我国北方最冷的时间大约在每年的1月中旬，而一般在1月6日或5日进入小寒。按照一个节气15天算，北方地区最冷的节气应是小寒，而1月下旬才是长江以南最冷的时候。此外，由于我国国土广袤，各地最冷的节气都略有差异。

进入小寒时节，我国一些地区都有"杀年猪"的习俗。在小寒到大寒这段时间，很多农家都会宰杀一头家养的猪，把猪肉制成易于保存的腊肉、香肠等，犒劳辛苦劳作的家人或招待客人。旧时天津有小寒吃黄芽菜的习俗。黄芽菜其实是白菜的一种旧称，因白菜菜心泛黄，便有了这种叫法。在冬季，人们将大白菜的大片茎叶剥去，取黄色的软叶进行腌制，为冬季的饮食增添了一份独特的脆嫩。南京的传统习俗是小寒吃菜饭。菜饭是由糯米加生姜、矮脚黄、咸肉片、香肠片或是板鸭丁烹制成的，其中矮脚黄、板鸭都是南京的著名特产。小寒时节南京天气很冷，旧时贫苦百姓饭菜中没有多少油水，因此要是能吃上"菜饭"，可谓是大补了。

小寒时天气寒冷，外界寒邪之气变强，容易侵入体内，损害阳气。所以，除了要在平时生活中注意保暖，收藏、巩固阳气外，小寒时节应特别注意足部保暖，因为此时地面最寒，人体阳气也比较虚弱，而足底正是寒邪之气进入体内的重要途径。另外，还要注意避免运动量大的体育活动，最好选择太阳出来后再开始运动，运动场地也要选在阳光好的场所。

大寒

二十四节气 之 第二十四

天寒色青苍
春息暗中藏

咏廿四气诗

咏大寒十二月中

腊酒自盈樽，金炉著炭温。
大寒宜近火，无事莫开门。
冬与春交替，星周月讵存？
明朝换新律，梅柳待阳春。

腊酒　腊月酿制的酒。
著[zhuó]　放置。
温　暖和。
星周　星宿运动历一周天为一星周，星宿回复故位为一年将尽之时。
讵[jù]　副词，表示反诘。意为「岂」「难道」。
律　律管，古代测候季节变化的器具。

· 诵读这首诗，需准确把握其情感变化，从大寒时节的生活到对春天到来的期待，要通过声音的抑扬顿挫和情感的投入，生动呈现诗歌中的意境与情感。

· 诗的首联描绘了温馨恬然的冬日居家画面，应以略带喜悦的语气诵读，表现出冬日里温暖安逸的氛围。

· 颔联体现了人们顺应时节、避寒保暖的生活经验，诵读时可以用提醒或叮嘱的口吻，语调宜平和且富有节奏感，充分体现诗句中的人情意味。

· 颈联带有对季节更迭的哲思和对时间流逝的感慨，诵读时应以略带沉思的语气，体现出对宇宙、自然的敬畏之情。

· 尾联展现了对春天的期盼和憧憬，朗诵时应以更加明亮的声音和节奏，体现出春天的新生与活力。“换新律”寓意新的一年、新的开始，需要表达出积极向上的氛围；“梅柳待阳春”部分的语气要更积极一些，同时注意在结尾保持情绪高度，让这份期盼在听者心中回响。

绮窗前，
寒梅着花。
如逢驿使，
折一枝春信，
寄与陇头人。

· 大寒，作为二十四节气的终章，标志着凛冬严寒的渐近尾声。在这样的时节，最令人向往的莫过于邀上三两知己，聚于温暖的居室之内，一同品味腊月的酒香，围炉共话，畅叙幽情。斟满酒杯，炉火跳跃，人们就这样静静沉醉于这宁静而温馨的冬日时光。

· 颔联以简洁的语言，揭示了大寒时节的养生之道。大寒时节，天气严寒，宜在家中靠近火炉取暖，无事时最好不要出门。诗人通过这句平实的叙述，传达出生活的智慧和对寒冷的应对之策，同时也体现了一种安逸宁静的生活状态。

· 颈联则更为深沉与富有哲理。冬春交替之际，星辰也会开启一个新的周期。诗人通过对天文现象的描绘，表达了对时间流逝和季节更替的感慨，表现了诗人对自然规律和宇宙变化的深刻思考。

· 过了大寒，就要更换新的律管以测候新一年的气候变化了。梅花迎寒绽放，柳树藏蓄生机，它们都在静待着阳春的到来，一同迎接新的轮回。

大寒吟

〔北宋〕邵雍

旧雪未及消，新雪又拥户。
阶前冻银床，檐头冰钟乳。
清日无光辉，烈风正号怒。
人口各有舌，言语不能吐。

祭灶与邻曲散福

〔南宋〕陆游

已幸悬车示子孙，正须祭灶请比邻。
岁时风俗相传久，宾主欢娱一笑新。
雪鬓坐深知敬老，瓦盆酌满不羞贫。
问君此夕茅檐底，何似原头乐社神？

浣溪沙

〔北宋〕苏轼

元丰七年十二月二十四日，从泗州刘倩叔游南山

细雨斜风作晓寒，淡烟疏柳媚晴滩。入淮清洛渐漫漫。
雪沫乳花浮午盏，蓼茸蒿笋试春盘。人间有味是清欢。

大寒节气是二十四节气中的最后一个，每年1月20日或21日，太阳位置到达黄经300°时开始。《三礼义宗》:“寒气之逆极，故谓大寒也。”此时正值冬季极寒冷的时期，民间有“大寒年年有，不在三九在四九”的说法。大寒节气，历来是民间传统习俗的汇聚之时。在这个时节，家家户户开始忙着除旧布新，扫尘洁物，以整洁的环境迎接新年的到来。

大寒时节，民间流传着诸多进补的养生之法。在这个寒冷的季节里，适当的进补能够为身体注入源源不断的能量，抵御严寒的侵袭。于是，羊肉、鸡汤等成为餐桌上的常客，它们不仅美味可口，更有着滋补养生的功效。人们在品尝美食的同时，也在感受着这份来自大自然的恩赐，以及对健康生活的向往和追求。

在北京，有大寒节气吃“消寒糕”的风俗。消寒糕是年糕的一种，年糕与“年高”同音，象征着新岁中能够步步高升、好运连连。家家户户在这一天会制作或购买年糕，亲朋共享，不仅增添了节日的气氛，也寄托了对未来美好生活的祈愿。消寒糕的甜美滋味不仅温暖了寒冬腊月中的人心，也为即将到来的新春增添了几分喜气。

在南方沿海地区，居民在大寒时常食用糯米饭。糯米饭的温热黏稠，为身体提供能量。搭配腊肉、香肠、干贝等食材，既美味又营养。糯米饭不仅是一道美味佳肴，更是一种文化的传承，象征着团圆与丰收。

此外，大寒节气还是祭祀祖先的重要时刻。人们会在家中设立祭坛，摆上丰盛的祭品，以表达对祖先的怀念与敬意。这一习俗不仅成为中华民族顽强生存和追求幸福的重要动力，也是民族文化认同和历史传承的一种重要表现。

当然，大寒节气还少不了赶集的乐趣。随着春节的临近，各地的集市变得热闹非凡。人们纷纷走出家门，置身于琳琅满目的年货之中，挑选着心仪的物品，为即将到来的新年作准备。在集市上，不仅可以买到各种年货，还能感受到浓厚的节日氛围和人与人之间的温情。

大寒节气不仅是农历岁末的一个重要时刻，也是人们总结过去、展望未来的契机。寒冬岁暮，经过一年辛勤劳动的人们，也该适当进补为来年储备身体能量了。人们通过各种传统习俗，表达对新年的期盼和对美好生活的祝愿。这些习俗不仅丰富了人们的生活，也传承了中华民族的传统文化，体现了人们对自然的敬畏、对生活的热爱。

诗词索引

除《咏廿四气诗》外，各节气诗词按朝代编排，朝代内按作者出生先后为序，且生卒年不详的排在该朝代末位。